學古文

璧華——著

中華教育

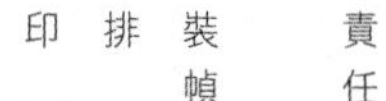
責任編輯：翠絲
郭子晴
裝幀設計：立青
排版：沈崇熙
印務：劉漢舉

著者

璧華

出版
中華教育
香港北角英皇道 499 號北角工業大廈 1 樓 B
電話：(852) 2137 2338　傳真：(852) 2713 8202
電子郵件：info@chunghwabook.com.hk
網址：http://www.chunghwabook.com.hk

發行
香港聯合書刊物流有限公司
香港新界大埔汀麗路 36 號　中華商務印刷大廈 3 字樓
電話：(852) 2150 2100　傳真：(852) 2407 3062
電子郵件：info@suplogistics.com.hk

印刷
美雅印刷製本有限公司
香港觀塘榮業街 6 號海濱工業大廈 4 樓 A 室

版次
2018 年 7 月第 1 版第 1 次印刷

規格
32 開 (210mm x 153mm)

ISBN
978-988-8463-68-8

前言

編完《賞名句 學古文》和《賞名句 學描寫》二書之後，我就興起編寫這本《賞寓言 學古文》的念頭。前者以咀嚼句子（句組、句群）出發進入古文的大門；後者則是由篇章入手，登上古文的階梯。二者的起步點有所差異。雖然其方法各有千秋，對推動學習古文更上一層樓而起的作用則是異曲同工，達致殊途同歸之效。以下我想就透過欣賞寓言可能對閱讀古文會產生良好的功效做幾點說明。

寓言的第一個特徵是不直接說理，而是通過故事使人明白道理。作品大多短小精悍，形象生動，趣味盎然，為人們所喜聞樂讀。這點並非透過說理文篇章或名句所能達致。饒有趣味的內容，吸引讀者的興味，輕輕鬆鬆地學好古文，正是編者編撰此書的初衷。

寓言另一個特徵是用比喻手法來說故事，以揭示真理。其作用為使人容易理解，容易聯想、想像，因此必能用具體說明描寫抽象概念和高深道理，在語言層面自然比一般古文要淺顯明白得多。本書所選的多篇寓言，讀者無需參照注釋、翻譯也能知其大概，文後提供的資料只是輔助讀者深入文本各個層面，特別是在古文語言運用上。由此可以較為容易掌握學習古文的方法和規律，其中包含實詞的意義、虛詞的用法、句式的變化等等。

除了以上兩項，寓言還具備一項特徵，即不少故事讀者都聽説過或閱讀過，學習時感受肯定比較親切，理解也較為深入。

由於寓言具有以上三個特徵，進而帶來的好處是易於背誦，而背誦是學好古文所必備的手段。

此外，中國寓言有兩千多年悠久輝煌的歷史，其間以先秦戰國時期最為繁榮，並膾炙人口。不少寓言是當時策士們周遊列國勸説君主接納其政治主張的精彩説辭，本書不但收錄游説中的寓言故事，還記載其背景及游説目的，因此讀者不止可以從中學習古文，還可以學習説話技巧。這點，是閱讀欣賞時不可忽略的。

在編撰過程中，承蒙出版社的多方面協助，僅致衷心的謝忱。

壁華
2017 年 10 月

目錄

第一章 學習實踐篇

14 （一）日喻
古文常識：虛詞「或」的用法，固定結構「無以」用法

18 （二）老馬識途
古文常識：虛詞「而」的用法

21 （三）趙襄主學御
古文常識：虛詞「於」的用法

24 （四）郢書燕說
古文常識：虛詞「因」的用法；「者⋯⋯也」的運用

27 （五）紀昌學射
古文常識：詞類活用 —— 形容詞活用為名詞

31 （六）賣油翁
古文常識：虛詞「但」和「安」的用法

35 （七）輪扁論讀書
古文常識：虛詞「之」的用法

39 （八）樂羊子之妻
古文常識：虛詞「於」的省略

43 （九）歧路亡羊
古文常識：虛詞「既」的用法

47 （十）駝背老人捕蟬
古文常識：數量詞的用法；古文中的尊稱

第二章 治國謀略篇

50 （十一）一鳴驚人
古文常識：量詞的省略

53 （十二）不材之子
古文常識：虛詞「焉」的用法

56 （十三）五十步笑百步
古文常識：古今詞義的不同

59 （十四）宋襄公的仁義觀
古文常識：虛詞「而」的用法

63 （十五）紂製造象箸
古文常識：詞類活用 —— 名詞活用為動詞

66 （十六）苛政猛於虎
古文常識：「於」用作被動詞

69 （十七）蝸角觸蠻之爭
古文常識：倒裝句 —— 定語後置

73 （十八）踴貴而屨賤
古文常識：省略句——賓語的省略

76 （十九）網開三面
古文常識：虛詞「孰」的用法；「其」的運用

第三章 智慧花朵篇

80 （二十）千里買馬首
古文常識：倒裝句——謂語前置、賓語前置與定語後置

84 （二十一）車夫論梁山崩
古文常識：主語的靈活性；固定句式「若何」「若之何」

88 （二十二）兩小兒辯日
古文常識：「為」字的用法；固定結構「孰……乎」的運用

91 （二十三）工之僑
古文常識：虛詞「諸」的用法

95 （二十四）狙公與群狙
古文常識：虛詞「之」與「其」的用法

99 （二十五）使狗國者入狗門
古文常識：詞類活用——名詞、動詞的活用

102 （二十六）狐假虎威
古文常識：固定結構「何如」的用法；古文中虛數的用法

106（二十七）越人溺鼠
古文常識：倒裝句——介詞結構前置

109（二十八）橘生淮北則為枳
古文常識：固定結構——「得無……乎」的用法

112（二十九）黠鼠
古文常識：「……見……於」連用的被動句

115（三十）驚弓之鳥
古文常識：複音虛詞「然則」的用法

第四章 哲理光輝篇

118（三十一）大木與雁
古文常識：及物動詞和不及物動詞

122（三十二）牛缺遇盜
古文常識：虛詞「以」的用法

125（三十三）不如相忘於江湖
古文常識：多種詞類活用

128（三十四）知魚之樂
古文常識：虛詞「固」的用法

131（三十五）莊周夢蝶
古文常識：通假字「喻」「通」「愉」

134（三十六）莊子喪妻
古文常識：綜合使用排比、頂真、層遞等修辭手法

138（三十七）道無所不在
古文常識：固定結構「何其」的用法

142（三十八）鯤鵬與斥鴳
古文常識：虛詞「於」的省略、「且」的用法

145（三十九）塞翁失馬
古文常識：詞類活用——形容詞活用為動詞

第五章 為人處事篇

148（四十）永某氏之鼠
古文常識：古代曆法

152（四十一）刻舟求劍
古文常識：省略句——多種句子成分的省略

155（四十二）為錢財而溺斃的人
古文常識：固定句式「何……為」和「得不……乎」的使用

158（四十三）涸轍之鮒
古文常識：倒裝句——賓語前置

161（四十四）蝜蝂傳
古文常識：詞類的使動用法

165（四十五）南轅北轍
古文常識：通假字「申」通「伸」

168（四十六）臨江之麋
古文常識：「而且」和「之」的多種用法

172（四十七）黔之驢
古文常識：「以為」的多種用法

176（四十八）腹䵍斬子
古文常識：虛詞「所以」的幾種用法

179（四十九）鵷鶵與腐鼠
古文常識：虛詞「於是」的幾種用法

182（五十）晏子的馬車夫
古文常識：一詞多義與詞類活用的區別

185（五十一）偷雞的人
古文常識：虛詞「或」的不同用法

第六章 情溢寰宇篇

188（五十二）他鄉是故鄉
古文常識：第二人稱的使用

192（五十三）高山流水
古文常識：修辭手法——通感與比喻

195（五十四）驥遇伯樂
古文常識：設問句的使用

198（五十五）歌聲的魅力
古文常識：古今詞義的多種變化

202（五十六）鸚鵡救火
古文常識：虛詞「耳」的用法

205（五十七）趙人愛貓
古文常識：兼詞（諸、焉、盍、曷）的特點及用法

208（五十八）雁奴
古文常識：倒裝句的作用

212（五十九）齊人有一妻一妾
古文常識：通假字與異體字的區別

216（六十）猴子救月
古文常識：古今詞義的不同——雙音節詞的古今異義

220 答案

使用說明

名篇
長久流傳、膾炙人口、短小精悍的古代寓言名篇；
分六類：學習實踐、治國謀略、智慧花朵、哲理光輝、為人處事、情溢寰宇。

注釋
注釋部分，簡明扼要地補充語譯中所無法表明者。

譯文
用語體文翻譯名句，使讀者理解句子的表層意思。

186 賞寓言 學古文

（五十一）偷雞的人

今有人，日攘[1]其鄰之雞者。或告之曰：「是非[2]君子之道。」

曰：「請[3]損[4]之，月攘一雞，以待來年然後已[5]。」

如知其非義[6]，斯[7]速已矣，何待[8]來年？

——《孟子．滕文公下》

①攘：偷竊。/ ②是非：這不是。是，這；非，不是。這和語體文中的「是非」作「是與不是」、「正確和錯誤」、「口舌（搬弄是非）」解不同。/ ③請：請求對方給予，表示敬意。/ ④損：減少。損和益經常連用，損是減少，益是增加。/ ⑤已：停止。/ ⑥義：合乎正義的行為和事情。/ ⑦斯：則，乃，那麼就。/ ⑧何待：為甚麼等待。

【譯文】

現在有這麼一個人，每天都要偷鄰居的一隻雞，有人勸告他說：「這不是正人君子應該做的事。」

偷雞人說：「讓我減少一些吧，改作每個月偷一隻，等到明年就不偷了。」

如果知道那是不正當的行為，就應該馬上改正，為甚麼還要等到明年呢？

【古文常識】

「或」主要有兩種用法，一種是作副詞，和語體文中的「也許」、「大概」用法相同，例如「你的病也許有救了」，譯成古文即「汝病或獲救矣」。但「或」多用為不定代詞，沒有明確的指定對象，可指代人、事物、時間等，常做主語，本文譯做「有人」——「或告之曰」（「有人對他說」）。另例《左傳·宣公三年》:「天或啟之，必將為君」（上天也許要起用它，一定會讓他做君主）。

【活用寓意】

這則寓言的背景是春秋時期，孟子在宋國見到國內稅收很重，他就對宋國大夫戴盈之說出看法。戴盈之承認這點，表示願意取消部分捐稅，但今年辦不到，要等到明年才能施行。孟子知道戴盈之無意減稅，只是敷衍塞責，於是講了偷雞人的故事，用偷雞人本來天天偷雞，經過勸告，答應改為每月偷一隻，到明年就不偷了，比喻戴盈之的減稅行為。最後才點出既然知道做錯了，就應該馬上改正，何必要等到明年呢！

此則寓言對做人具有普遍意義：知道做錯了，就要痛下決心，立即改正，不給一絲拖延的機會，以免養癰遺患。

【思考與練習】

(1) **在日常生活中，你做錯了事，是馬上就改，或是拖延着慢慢再說，還是堅決不改一錯到底？**

古文常識

認識古文中詞語的古今異義、一字多義、虛詞用法，掌握詞類活用，辨別古文各類句式；
奠定閱讀古文的基礎。

活用寓意

把名篇置於古今悠長廣闊時空來理解，指出它在當時的意義及今日的價值，達到古為今用的目的。

思考與練習

供讀者思考、探討，以及活用在寫作及說話訓練上。

第一章 學習實踐篇

（一）日喻

生而眇[1]者不識日，問之有目者。或[2]告之曰：「日之狀如銅盤。」扣盤[3]而得其聲[4]。他日[5]聞鐘，以為日也。或告之曰：「日之光如燭。」捫[6]燭而得其形。他日揣籥[7]，以為日也。日之與鐘、籥亦遠矣。而眇者不知其異，以其未嘗見而求之人也。

道[8]之難見也甚於日，而人之未達也，無以異於眇。達者告之，雖有巧譬善導，亦無以過於盤與燭也。自盤而之鐘，自燭而之籥，轉而相之[9]，豈有既[10]乎！

—— 宋 · 蘇軾《日喻說》

①眇：瞎子。原指一目失明，此處泛指雙目失明。/ ②或：有人，無定代詞。/ ③扣盤：敲打盤子。/ ④得其聲：聽到它的聲音，得：獲得，引申為

聽到，以下「得其形」、「得其道」的得到，分別引申為摸到形狀和掌握、認識道理。/ ⑤他日：別的日子，某一天。/ ⑥捫：摸。/ ⑦揣籥：撫摸籥（一種古樂器，形狀像笛、短管，上有孔。）揣：原意是揣度、猜測，這裏解為摸。⑧道：道理，這裏指孔孟之道。/ ⑨轉而相之：輾轉連接下去，指一個比喻連着一個比喻互相牽扯下去。/ ⑩既：完結，盡頭。

【譯文】

一個生來雙目失明的人不知道太陽的樣子，問有眼睛的人。有人告訴他說：「太陽的形狀像銅盤。」並敲擊銅盤聽到它的聲音。後來有一天，盲人聽到鐘聲，便認為是太陽。有人告訴他說：「太陽的光芒像燭光。」盲人撫摸蠟燭就摸到它的形狀。後來盲人摸到籥，便認為是太陽。太陽和鐘、籥相差很遠，而盲人不知道它們的差別，因為它未曾見過太陽而是向別人打聽罷了。

道理比太陽更難讓人看見，而一般人還沒有理解它，和盲人沒有甚麼不同。理解的人告訴它，即使有巧妙的比喻以及高明的指引，也不能超過用銅盤和蠟燭的比喻。從銅盤到鐘，從蠟燭到籥，輾轉連接比喻下去，難道還有盡頭嗎？

【古文常識】

「或」字有多種用法，其中有一種可以作代詞。

（一）作分指代詞，表示指代的人、事物、時間等，是某個整體的一部分，有時幾個「或」用作表示幾種情況同時存在，可作主語，可譯為「有的」、「有的人」、「有時」等。例如《左傳．宣公十二年》：「晉人或以廣隊不能進」（晉國有的兵車陷於坑中而不能出。廣，兵車；隊，同墜），「或」可譯為「有的兵車」。司馬遷《報任少卿書》：「人固有一死，或重於泰山，或輕於鴻毛。」（人本來就有一死，有的人死得比泰山還重，有的人死得比鴻毛還輕），兩個「或」字，可譯為「有的人」，表示兩種情況都有可能發生。句中把人的死分為兩種，一種是死得有價值，一種死得沒有價值。分而指之，故稱分指代詞。

（二）作無定代詞，代詞可分為人稱代詞（如吾、汝，語譯你、我）；指示代詞（如此、彼，語譯這、那）；疑問代詞（孰、何，語譯誰、甚麼），上述分指代詞都有確定的指定對象，但有些代詞所指代對象並不確定，可以稱為無定代詞，也叫無定指代詞。「或」亦作無定代詞，可譯為「有人」、「有些人」，是個肯定無定代詞，作主語。這種「或」字大多是不出現先行詞，例如鼂錯《論積貯疏》：「一夫不耕，或受之飢。」（一個農夫不耕地，有人就會餓死。）此處譯為「有人」是表示虛指、泛指，沒有確定的對象。

此則寓言中有「或告之曰『日之光如燭』」中的「或」字是無定代詞，是虛指，未確定任何人，前面並無先行詞。

古文中某些詞語結合在一起，在長期使用過程中，形成了比較固定的結構形式，這些固定格式具有特定含義和習慣用法。「無以」主要用於動詞前，表示否定，可譯為「不能」、「無法」、「沒有甚麼（辦法或東西）」，例如《列子．愚公移山》：「河曲智叟無以應。」（河曲智叟無法回答。）「無以」譯為「無法」。

本寓言中有兩句使用「無以」，一句是「無以異於眇」（比起盲人沒有甚麼分別），可譯為「沒有甚麼」。另一句是「亦無以過於盤與燭也」（也不能超過銅盤和蠟燭的比喻了），可譯為「不能」。

【活用寓意】

作者蘇軾（公元 1037 — 1101 年），字子瞻，眉州眉山（今四川眉山）人，北宋文學家、書畫家，是唐宋八大家之一。除了詩詞散文，還擅長行書、楷書，也寫了一些如《日喻》《黠鼠賦》等蘊意深永、發人省思、獨具一格的寓言。

此則寓言透過「盲人識日」，告訴我們「實踐出真知」的真理。一個盲人看不見太陽，只能聽看到太陽的人的轉述去猜測，當然不可能知道其真實面目。認識知識和道理也是這樣，你必須透過實踐、透過親身體驗才能領會並掌握。

本文是節錄文章前一部分，後面作者還以「北人學沒」(學潛水)為喻進一步具體説明這個道理：南方有許多潛水的人，他們每天與水相伴，七歲能涉水過河，十歲能游泳，十五歲而能潛水，因為他們掌握了水的規律，這是與水長期相伴的結果。如果你生在不知道水的地方，到了壯年，看見船也會害怕的。所以北方勇敢的人問潛水者，求他告之有關潛水的方法，然後照他的方法去做，結果沒有不溺死的。由此亦可見實踐的重要性。

【思考與練習】

(1)　舉一個實例説明在學習過程中實踐的重要性。

(2)　説説以下「或」字的用法，是分指代詞還是無定代詞？

「或謂鄭相（鄭國丞相）曰：『子（你）嗜魚，何故不受（接受）？』」(劉向《新序．節士》)

（二）老馬識途

管仲[①]、隰朋[②]從桓公[③]伐孤竹[④]，春往冬反，迷惑[⑤]失道。管仲曰：「老馬之智可用也。」乃放老馬而隨之，遂得道。行山中，無水，隰朋曰：「蟻冬居山之陽，夏居山之陰，蟻壤一寸，而仞有水。」乃掘地，遂得水。

以管仲之聖而隰朋之賢，至其所不知，不難[⑥]師[⑦]於老馬與蟻。今人不知其愚心而師聖人之智，不亦過乎！

——《韓非子·說林上》

①管仲：（？－公元前645年），名夷吾，字仲，潁上（今河南潁水之濱）人，春秋初期政治家，齊桓公的國相，在齊國推行改革，使齊國成為春秋時期第一個霸主。/ ②隰朋：春秋時齊國大夫，助管仲相齊桓公，輔佐桓公稱霸。/ ③桓公：即齊桓公，指春秋時齊國國君（公元前685－前643年在位），執政期間任管仲為相，終其身為春秋霸主。/ ④孤竹：國名，在今河北、遼寧一帶。/ ⑤迷惑：本意為辨不清是非，摸不着頭腦。此句引申為辨不清方向，迷失路途的意思。/ ⑥不難：一點都不感為難。/ ⑦師：師取，學習，本是名詞，此處作為動詞。

【譯文】

管仲、隰朋跟齊桓公討伐孤竹國。春天出發，夏天回國，半道迷路。管仲説：「可以利用老馬的智慧。」於是就放出老馬走在前面，大軍在後面跟着，果然找到了路。後來走到了深山裏，沒有水喝。隰朋説：「螞蟻居住在山的南面，冬天居住在山的北面。蟻穴外的封土有一寸高的話，掘下七尺一定有水。」於是在有蟻穴封土地方往下挖掘，果然發現了水。

以管仲的聖明和隰朋的智慧，遇到他們不知道的事情，還肯請教老馬和螞蟻的智慧，現在人們卻不知道以自己愚笨的心，學習聖人的智慧，不是很錯誤嗎？

【古文常識】

「而」字在古文中用得相當廣泛，它可以連接詞和詞，如「簡而當」（簡明又恰當），或連接短語，如「強本而節用」（加強農業生產又節約用度），也可以連接句子和句子，如「聞鼓聲而進，聞金聲而退」（聽見鼓聲就前進，聽見金（鉦，一種軍用樂器）聲就撤退）。

「而」作為連詞，在本文中有以下幾種用法。**（一）**連接的兩項在時間上有先後相承關係，「而」字表示第二件事接着第一件事發生，這種連詞叫承接連詞。所連接的部分須分時間的先後次序進行，不能顛倒次序。文章中「乃放老馬而隨之」（就放出老馬跟隨着向前走），「放出」和「跟隨」兩項先後進行，在這裏「而」字可譯為「便」「就」「然後」。**（二）**表示並列關係，可譯為「和」，例如文中「以管仲之聖而隰朋之智」（以管仲的聖明和隰朋的智慧）。**（三）**表示轉折關係，如文中「今人不知以其愚心而師聖人之智」（當今的人卻不知道以其愚笨的心去師取聖人的智慧）。

【活用寓意】

此則寓言故事告訴我們，人類不但應該向同類學習，像孔子所說「敏而好學，不恥下問」，不要以向下屬或比自己地位低下、學問不及自己的人學習為可恥，還要向寓言中的管仲和隰朋那樣向老馬、螞蟻學習，牠們在某些方面比人更有智慧。管仲率領軍隊回國，半途迷失道路，是老馬領他們走上正道；後來行軍口渴，找不到水源，是螞蟻幫他們找到水源。所以我們應該放下架子謙虛謹慎，向所有的人與物學習，因為人人都有可學習之處，物物都能給人以啟迪。要像孔子那樣 —— 學生樊遲請教他學種五穀，他說：「我比不上老農。」(《論語・子路》) 承認自己的不足。我們還要細心去發現人家的優點，向人家學習，管仲、隰朋能發現老馬和螞蟻的智慧，都是細心觀察的結果。

【思考與練習】

(1)　說說你所知道某一種值得你學習的動物的智慧。

(2)　試說明以下「而」字的用法：「貧而無諂（巴結奉承），富而無驕。」(《論語・學而》)

（三）趙襄主學御

趙襄主[①]學御[②]於王于期[③]，俄而[④]與于期逐，三易馬而三後。襄主曰：「子之教我御，術未盡也。」對曰：「術已盡，用之則過也。凡御之所貴，馬體安[⑤]於車，人心調[⑥]於馬，而後可以進速致遠。今君後，則欲逮[⑦]臣；先，則恐逮於臣。夫誘道[⑧]爭遠，非先則後也，而先後心皆在於臣，尚何以調於馬，此君之所以後也。」

——《韓非子．喻老》

①趙襄主：即趙襄子，戰國時趙國君主。/ ②御：駕馬車。/ ③王于期：或作王子旗、王良等，是春秋末年善於駕御車馬的人，有說是趙襄子的車伕。/ ④俄而：不久。/ ⑤安：相適應。感到舒適。/ ⑥調：協調，互相配合。/ ⑦逮：追及。/ ⑧誘道：引馬上路。

【譯文】

趙襄子向王于期學駕馬車，沒學多久，趙襄子便要與王于期比賽，三次和王于期交換駕車的馬，三次都遠遠落在王于期後面。襄子問于期：「你教導我學駕車，沒有把所有技術傳授給我。」于期答道：「技術已經全部傳授給您，您應用時卻有錯誤，凡是駕馬車所注重的是，馬套在車轅裏一定要舒適，人的心思要和馬的行動配合，然後才能夠追趕得快，到達得遠。現在您落後就想趕上我，超前又怕我趕上您。在道路上奔馳競賽爭取誰先到達遠處，不是超前就是落後，不論超前或落後，您都把心思集中在我身上，還怎能調節馬的步伐呢？這就是您所以落後的原因啊！」

【古文常識】

「於」可以做介詞，介詞是用在名詞、代詞或名詞性短語的前面，合起來一同表示動作的方向、對象、處所、時間、憑藉、比較、被動等詞。在本文中「於」，一作「向」解，介紹動作行為發生出現時涉及的對象，「學御於王于期（向王于期學駕馬車）」；二作「被」用，介紹行為的主動者，文中「今君後，則欲逮臣；先，則恐逮於臣。」（您現在落後時就一心想追上我，超前時又怕被我趕上。）要注意這種被動的句子形式。

【活用寓意】

在寓言中主角趙襄主跟王于期學駕馬車，沒學多久，他以為行了，就急急忙忙向王于期挑戰，要和他比高低，結果輸了。輸了之後，他不但不檢討自己，反而怪王于期沒有把馬術全部教給他。王于期不服氣，對他說：「你所以輸了，是因為你沒有把精神專注在馬術上，而是盯在輸贏上，譬如你沒有去研究怎樣使馬身與馬車配合得舒適，人心如何與馬相協調，而只把心思放在輸贏上。跑在我前面，唯恐我追上；跑在我後面，又拚命想追上。」總之，患得患失，不能集中精神往前衝，這是比賽的大忌。加上馬術不精，失敗已經注定了。

這個故事給我們的教訓是：一是學習必須精神集中、心無旁騖，比賽時要一心往前跑，不要左顧右盼。不管自己超前或落後，均要堅持，才是體育精神的最好表現。其次是需要知道「台上一分鐘，台下十年功」，學習不可能一蹴即就，趙襄主剛向王于期學駕馬車術沒多久，就向王于期挑戰，可見他不明白欲速則不達的至理，也顯示對老師的不尊重。

【思考與練習】

(1)　在學習過程中，你有沒有犯過趙襄主的毛病？具體說說看。

(2)　試說明以下句子中「於」字的用法：

(a)「景公有愛女，請嫁於晏子」(《晏子春秋·內篇》)

(b)「君（你）幸（寵幸）於趙王。」(《史記·廉頗藺相如列傳》)

（四）郢書燕說

郢①人有遺②燕③相國書者，夜書，火不明，因謂持燭者曰：「舉燭④。」云而過書⑤「舉燭」。「舉燭」非書意也。燕相受書而說之⑥，曰：「舉燭者，尚⑦明也；尚明也者，舉賢而任之。」燕相白王，王大悅，國以治。治者治矣，非書意也。今世學者，多似此矣。

——《韓非子．外儲說左上》

①郢：春秋時楚國的首都，在今湖北江陵。/ ②遺：給與。/ ③燕：春秋時國名，在今北京城區西南部。/ ④舉燭：舉高燭火。/ ⑤云而過書：說着說着就寫到信中去。云，說。過書，寫到信中。/ ⑥說之：解說書信的意思。/ ⑦尚：推崇，崇尚。

【譯文】

楚國京城郢都有一個人寫信給燕國的宰相，因為是在夜間書寫，燈火昏暗，就對持蠟燭的人說：「舉燭。」口中這麼說，不知不覺間就把「舉燭」這兩個字寫到信裏去了。「舉燭」兩個字是誤寫的，並非書寫的原意。燕相國收到信，不明其意，牽強附會地解釋說：「舉燭是崇尚光明的意思，崇尚光明，就會光明磊落，對才能出眾的人加以任用。」相國將這意思報告燕王，燕王非常高興，按照相國所說的政策治理國家，國家因而大治。大治是大治了，但卻不是寫信的原意。當今許多做學問的人，經常犯這種穿鑿附會的毛病。

【古文常識】

「因」字有多種用法，在古文中可做副詞用者，有兩種：

（一）表示後一動作行為緊接前一動作行為發生、出現，可譯為「就」、「便」等。例如柳宗元《三戒．黔之驢》：「計之曰：『技止此耳。』因跳踉大㘎，斷其喉，盡其肉，乃去。」（盤算着說：牠的本領不過如此罷了，就騰躍怒吼，咬斷了驢的喉嚨，吃完了牠的肉，才離去。）

（二）是強調動作行為具備了一定條件才發生、出現，也可譯為「就」，如陶淵明《五柳先生傳》：「宅邊有五柳樹，因以為號焉。」（住宅旁邊有五棵柳樹，就起名叫五柳先生。）在本文中使用了第二種用法，「夜書，火不明，因謂持燭者曰：『舉燭。』」是緊接前面「火不明」的條件而出現的，可譯為「就」。

「者……也」和「也者」在句中都說明是判斷語氣，例如《史記．陳勝世家》：「陳勝者，陽城人也。」（陳勝是陽城人）；《論語．先進》：「子曰：『安見方六七十，如五六十，而非邦也者！』」（孔子說：怎麼見得六、七十里地方，或五、六十里的地方就不算是國家呢！）文中「舉燭者，尚明也，尚明也者，舉賢而任之。」都表示是判斷句，後者是從反面肯定，亦是反問句。

【活用寓意】

穿鑿附會，斷章取義在現實社會中是常見的現象，這篇寓言講的就是與此有關的故事，春秋時有郢人寫信給燕王，因光線暗淡，叫持燭的人「舉燭」，口裏説着，無意中就把「舉燭」二字寫入信中。他沒有發現，燕王知道了，竟將「舉燭」解為崇尚光明，選賢舉能，國家並因而強盛，政治清明，社會安定，經濟繁榮，文化發展。原本是誤寫的兩個字，卻產生巨大的良好政治效果。但是「郢書燕説」卻是貶義詞，韓非用這故事諷刺這種荒謬現象，批判當時學者對經典著作有「郢書燕説」穿鑿附會、斷章取義的弊病。

【思考與練習】

（1） 香港政治鬥爭激烈，各黨派使用穿鑿附會斷章取義手法互相攻擊，你能舉出一個例子嗎？

（2） 試指出以下句子中「因」字的用法：「王授璧（把和氏璧給藺相如），相如因持璧卻立（退後站立）」（司馬遷《史記．廉頗藺相如列傳》）

（五）紀昌學射

甘蠅①，古之善射者，彀②弓而獸伏鳥下③。弟子名飛衛，學射於甘蠅，而巧過其師。

紀昌者，又學射於飛衛。飛衛曰：「爾先學不瞬④，爾後可言射矣。」

紀昌歸，偃臥⑤其妻之機下，以目承牽挺⑥。二年之後，雖錐末倒眥⑦，而不瞬也。

以告飛衛。飛衛曰：「未也。必學視⑧而後可。視小如大，視微⑨如著⑩，而後告我。」

昌以氂縣虱於牖⑪，南面⑫而望之。旬日之間，浸大⑬也；三年之後，如車輪焉。以睹餘物，皆丘山也。乃以燕角之弧⑭，朔蓬之簳⑮，射之，貫虱之心，而縣不絕⑯。

以告飛衛。飛衛高蹈拊膺⑰曰：「汝得之矣！」

——《列子．湯問》

①甘蠅：人名。/ ②彀：把弓拉滿。/ ③獸伏鳥下：野獸倒地，禽鳥墜落。伏，面部向下肢體前屈倒下。下，掉下來。/ ④瞬：眨眼。/ ⑤偃臥：仰

面躺着。/ ⑥目承牽挺：兩眼盯着織布機腳踏板。承，承受、接受，這裏指瞪著眼。牽挺，織布機下面的腳踏板。/ ⑦錐末倒眥：錐子尖端刺到眼眶。錐，錐子，一端帶把柄，另一端有尖子便於鑽孔的工具。末，尖端。倒，刺到，通到。眥，同眦，眼眶。/ ⑧學視：練習視力。/ ⑨微：細微，看不清楚。/ ⑩著：明顯，顯著，清晰。/ ⑪以氂縣虱於牖：用牦牛的長毛把虱子懸掛在窗口。氂，牦牛，產於西藏、青海等高原地區的一種牛，身體兩旁和四肢外側生有長毛。縣，通懸，懸掛。牖，窗戶。/ ⑫南面：面南，朝南。/ ⑬浸大：逐漸變大。/ ⑭燕角之弧：燕國的牛角裝飾（或造成）的弓。/ ⑮朔蓬之簳：北方的蓬莖製造的箭。朔，北方。蓬，蓬草，多年生草木植物，這裏指蓬草的莖。簳，箭桿。/ ⑯絕：折斷。/ ⑰高蹈附膺：高高跳起指著胸膛。蹈，跳；附，拍；膺，胸膛。

【譯文】

甘蠅，是古代的一個好射手，他只要一拉弓，野獸就會倒地，飛鳥就會墜落。他的弟子名叫飛衛，向甘蠅學習射箭，而技藝已經超越他的老師。

紀昌又向飛衛學習射箭。飛衛說：「你得先學會盯住東西不眨眼，然後才可以談到學習射箭。」

紀昌回到家裏，仰臥在妻子的織布機下面，兩眼盯住上下不停的織布機踩板。兩年以後，即使錐尖刺到眼眶，他也不眨一下眼睛。

紀昌把這一情況告訴飛衛。飛衛說：「還不夠，你必須學會看東西的本事才行。要練到看小東西如看大東西，視細微模糊不清的物體如龐然明晰的物體，然後來告訴我。」

紀昌用牦牛的一根長毛繫住一隻虱子，懸掛在窗口，他朝南面望着牠，十來天之後，虱子逐漸變大；三年之後，大得像車輪，而看其他物體，都像山丘那麼大。紀昌就用燕國的牛角襯飾的弓弩，用北方蓬莖製成的箭射那隻虱子。一箭穿透虱子的心，而懸掛虱子的牛毛卻沒有折斷。

紀昌把這一情況告訴飛衛，飛衛高興得跳了起來，拍着胸脯說：「你掌握射箭的訣竅啦！」

【古文常識】

形容詞在一定的語法環境中，往往活用為名詞。最常見的情況是形容詞在句子結構中作主語或賓語時，活用為名詞，形容詞通常不作句子的主語或賓語，如果作了主語或賓語，就帶有名詞性質，例如《孟子．齊桓晉文之事》：「然則小（小國）不可以敵大（大國），寡（人口稀少的國家）不可敵眾（人口眾多的國家），弱（弱國）固不可以敵強（強國）」，「小」、「大」、「寡」、「眾」、「弱」、「強」分別作了分句中的形容詞，成了主語或賓語了。

在本則寓言中，也有形容詞作名詞的例子，如「視小如大，視微如著」，「小」、「大」、「微」、「著」本來都是形容詞，現在都活用為名詞「大東西」、「小東西」、「細微物體」、「顯著物體」。

【活用寓意】

要學好一門技藝、掌握一門學問，絕不是一蹴即就、指日可達的，而是長期努力的結果。首先必須練好基本功，打好基礎，按部就班，循序漸進。寓言中的善射者飛衛，以深明上述學習方法來教導徒弟紀昌射箭。在學射前，他先讓紀昌用兩年時間學習「不眨眼」的功夫；再用三年練習「眼力」能「視小如大，視微如著」的本領，做到用箭穿過以牛毛繫在窗口的虱子中心，而牛毛不斷，真是神乎其技，可稱神射手。從紀昌的學習過程顯示出打好基本功是多麼枯燥無味，而且曠日持久，作為學子必須不嫌枯燥、持之以恆，才能達致成功。

【思考與練習】

（1） 就你親身體會，説説打好基本功的重要性。

（2） 説説以下兩句子中的「綠」字哪一個是形容詞活用為名詞。

（a）王安石《泊船瓜洲》:「春風又綠江南岸，明月何時照我還？」

（b）李清照《如夢令》:「知否？知否？應是綠肥紅瘦。」

（六）賣油翁

陳康肅公堯諮①善射，當世無雙，公亦以此自矜。嘗射於家圃②，有賣油翁釋擔③而立，睨之④，久而不去。見其發矢十中八九，但⑤微頷之⑥。

康肅問曰：「汝亦知射乎？吾射不亦精乎？」翁曰：「無他⑦，但手熟爾⑧。」康肅忿然⑨曰：「爾安⑩敢輕吾射！」

翁曰：「以我酌油知之。」乃取一葫蘆置於地，以錢覆其口，徐以杓⑪酌油瀝之⑫，自錢孔入而錢不濕。因曰：「我亦無他，惟手熟爾。」

康肅笑而遣⑬之。

—— 宋・歐陽修《賣油翁》

①陳堯諮：北宋初期人，歷任要職，死後諡號康肅。公，舊時對男子的尊稱。/ ②家圃：家中種植蔬菜瓜果花木的園子。此處係指家中供射箭練習的場地。/ ③釋擔：放下擔子。釋，釋放，放下。/ ④睨之：斜眼看他（射箭）。/ ⑤但：不過，只不過。/ ⑥微頷之：微微地對他點點頭。頷，下巴。本是名詞，作動詞用，意為點頭。頷之，對他點頭。之，助詞，無義。/ ⑦無他：沒有別的。他，別的，指射箭技藝的奧妙。/ ⑧爾：通

「耳」，罷了。/ ⑨忿然：氣憤的樣子。/ ⑩安：疑問代詞，怎麼。/ ⑪杓：舀東西的器具，通勺。/ ⑫酌油瀝之：舀油注入葫蘆中。瀝，液體流滴下來。之，代葫蘆。/ ⑬遣：使離去，派遣。

【譯文】

陳堯諮擅長射箭技藝，在那個時代獨一無二，他也憑此本事自我誇耀。他曾在家中的園子裏射箭，有賣油的老翁放下擔子站立一旁，斜着眼看着他射箭，很久沒有離去。看見他射箭十枝有八九枝射中的，只是微微地點點頭。

陳堯諮問道：「你也懂得射箭技藝嗎？我的射技不是很精湛高超嗎？」老翁說：「這沒有甚麼奧妙，不過是手法熟練罷了。」

陳堯諮生氣地說：「你怎麼敢輕視我的射技？」老翁說：「憑我倒油的經驗知道這個道理的。」於是取一個葫蘆放在地上，用銅錢蓋住葫蘆口，慢慢地用勺子把油注入葫蘆裏，油從錢孔注入而銅錢沒有沾濕，於是說：「我也沒有別的甚麼奧妙，只不過是手法純熟罷了。」

陳堯諮笑着打發他走了。

【古文常識】

「但」字的用法：在古文中，「但」字不作「但是」講。有時作副詞，可譯為「只」，修飾形容詞和動詞，例如《木蘭詩》：「不聞爺娘喚女聲，但聞黃河流水鳴濺濺」（聽不到爺娘呼喚女兒的聲音，只聽到黃河流水濺濺鳴），「但」可譯為「只」；有時用於後句的後一分句之首，可譯為「只是」、「只不過」、「只需」等，例如曹操《短歌行》：「但為君故，沉吟至今」（只是為了您的緣故，我才深思到現在）。

本寓言中有二處使用了「但」字；一為「見其發矢十中八九，但微頷之」；二為「無他，但手熟爾」，兩個「但」字都做「不過」或「只不過」解，此二句用於複句的後句之首，表示轉折，是個連詞，可譯為「只是」、「不過」等。

「安」字的用法：「安」是疑問代詞，可譯為「怎麼」、「哪裏」等，作狀語修飾形容詞和動詞，也作前置的賓語，例如《史記·陳涉世家》：「燕雀安知鴻鵠之志哉？」（燕子和麻雀怎麼知道大雁和天鵝的志向呢？），譯為「怎麼」，修飾動詞「知」；《史記·項羽本紀》：「沛公安在？」（沛公在哪裏？）「安」譯為「哪裏」，作前置賓語，「安」置於動詞「在」之前；《禮記·檀弓上》：「泰山其頹，則吾將安仰？」（泰山快要頹倒，我將仰望甚麼？）「安」譯為「甚麼」，賓語前置於動詞「仰」之前。此則寓言中運用了「安」字：「爾安敢輕吾射？」句中「安」字可譯為「怎麼」。

【活用寓意】

作者歐陽修（公元 1007 — 1072 年），字永叔，廬陵（今江西吉安）人，北宋文學家、史學家。四歲，父去世，家境十分貧窮，母親用荻（像蘆葦的一種植物）桿畫地教他認字，二十四歲中進士，此後努力寫作，成為著名文學家和文壇領袖。他主張寫文章要有內容，寫了一些反映現實生活的作品。

寓言寫陳堯諮射箭技藝高超，舉世無雙，賣酒翁用酌油葫蘆而不濕錢孔的絕技與陳堯諮比技藝的高下。賣油翁以「無他，但手熟爾」，說明任何絕技都可透過勤學苦練日積月累取得的。俗語說的「台上十分鐘，台下十年功」，也是這個道理。

【思考與練習】

（1） **既然不論學習甚麼都要勤學苦練，才能達致熟能生巧，為甚麼許多家長和老師那麼反對小學 TSA（全港性系統評估）和 BCA（基本能力評估）測試導致的操練呢？**

（2） **試解釋以下「但」字的用法：「謝（安）輕（輕視）戴逵，見但與論琴書。」（劉義慶《世説新語・雅量》）**

（七）輪扁論讀書

桓公讀書於堂上。輪扁[1]斫[2]輪於堂下，釋[3]椎鑿而上，問桓公曰：「敢問公之所讀者何言邪？」

公曰：「聖人之言也。」

曰：「聖人在乎？」

公曰：「已死矣。」

曰：「然則君之所讀者，古人之糟魄[4]已夫[5]？」

桓公曰：「寡人讀書，輪人安得議乎？有說[6]則可，無說則死！」

輪扁曰：「臣也以臣之事觀之。斫輪，徐[7]則甘[8]而不固，疾則苦而不入。不徐不疾，得之於手而應之於心；口不能言，有數[9]存焉於其間。臣不能以喻臣之子，臣之子亦不能受之於臣，是以行年七十而老斫輪。古之人與其不可傳也死矣。然則君之所讀者，古人之糟魄已夫！」

——《莊子．天道》

①輪扁：輪，車輪。扁，做車輪工匠的名字。/ ②斫：砍削，這裏意為製造（車輪）。/ ③釋：放下椎子、鑿子。椎子鑿子，都是製造車輪的工具。/ ④糟魄：即糟粕。與精華相對，通常精華是指事物美好有用部分，糟粕是指事物粗劣有害部分，但在此文中糟粕是比喻無法表達事物精神實質的語言文字。/ ⑤已夫：語氣助詞。而已，罷了。/ ⑥有說、無說：說得有道理、說得沒有道理。/ ⑦徐：緩慢，慢慢砍削的意思。/ ⑧甘：鬆滑；苦：緊澀，指車輪上的輻條和車轂之間的榫接不合適的現象。榫：器物兩部分利用凹凸相接，突出部分稱榫，凹進部分叫卯，或稱榫頭或卯眼，二者配合得當就不會產生鬆滑、緊澀現象。/ ⑨數：分寸，指榫卯的大小、長短。

【譯文】

齊桓公在殿堂上讀書，輪扁在殿堂下砍造車輪，他放下椎子和鑿子等工具，走到殿堂上，問桓公道：「請問您讀的是甚麼書呢？」

桓公説：「是聖人的言論。」

輪扁問：「聖人是活着嗎？」

桓公説：「已經死去了。」

輪扁説：「那麼，您讀的不過是古人的糟粕罷了。」

桓公説：「我在這裏讀書，你一個車輪工人怎麼可以隨便發表議論呢？你能説得有道理就免罪；説得不對，就治你死罪。」

輪扁説：「就從我的工作來觀察這個問題吧。製造車輪時，行動遲緩，榫頭做得鬆了，就會滑溜入卯眼，但不牢固；行動快捷，榫子做得緊了，就會滯澀而打不進卯眼。要做到不慢不快，舉手運作正好是心裏所想的。這種玄妙的技術，口頭是無法表達的，只能從製造車輪過程中顯示。我不能將我的製造技術明白地告訴我的兒子，我的兒子也不能接受我的教導，所以我雖然七十歲這麼老還在製作車輪。古人死去，他們那種不可言傳的理論也跟着消失了。因此您所讀的內容不過是古人留下來的糟粕而已。」

【古文常識】

本文中「之」這個虛詞有以下幾種用法：

（一） 作助詞，用在主語和謂語之間，取消句子的獨立性，如：「敢問公之所讀者何書邪」，句中「之」字就是如此，此句中「公所讀者何書邪」本身是個單句，要使這個單句成為「敢問」的賓語，就要在它的主語「公」和謂語「所讀者何書邪」之間加上助詞「之」，「之」這種用法稱為取消句子的獨立性，把句子語譯出來可以看出：「請問您（的）所讀的書是甚麼啊？」括弧中「的」字使句子消失獨立性。

（二） 也作助詞，用在定語和中心詞之間，標誌領屬關係，相當於語體文「的」，如：「聖人之言也」，「言」是屬於聖人的。

（三） 作代詞用，可以代人、代事、代物。如：「得之於手，而應之於心」，「之」代指製造車輪的技巧，是說掌握技巧在手中，應合於內心，即心裏怎麼想，手上就怎麼做。

（四） 作動詞用：「往」、「到」、「去」、「至」，如《呂氏春秋》：「明旦之市而醉。」（第二天一早到集市就喝醉了。）本寓言無此用法的「之」字。

【活用寓意】

這則寓言告誡我們，書不過是語言的記錄。語言只是個載體，最寶貴的是能表達意思，而真正的意思是不能用語言所能充分表達的，其中許多微妙之處是在言外的。所以老師教學生，師傅帶徒弟，只能教導其中表面的東西，而真正掌握其精神實質，則只能在實踐中自己去揣摩、體會、掌握，不能透過語言傳達而簡單得到。不論是學問、知識莫不如此。

莊子這種知識論與孟子的「盡信書則不如無書」(《孟子·盡心下》)大有區別，孟子是指有些書中所寫的內容往往誇大或歪曲事實，因此不足信；而莊子則說的是書中的語言未能表達事物的精神實質，後人不容易掌握。

【思考與練習】

(1) 試舉一個例子説明莊子的讀書觀。

(2) 試解釋以下句子中「之」字的用法：

(a) 寡人讀書，輪人安得議之乎。

(b) 古人之糟魄已夫。

(八) 樂羊子之妻

河南[1]樂羊子[2]之妻者，不知何氏之女也。

羊子嘗行路，得遺金一餅，還以與妻，妻曰：「妾聞志士不飲盜泉[3]之水；廉者不受嗟來之食[4]；況拾遺求利以污其行乎！」羊子大慚，乃捐[5]金於野而遠尋師學。

一年來歸，妻跪[6]問其故，羊子曰：「久行懷思，無他異[7]也。」妻乃引刀趨機而曰：「此織[8]生自蠶繭，成於機杼[9]。一絲而累[10]，以至於寸；累寸不已，遂成丈匹。今若斷斯織也，則捐失成功，稽廢時日[11]，夫子[12]積學[13]，當日知其所亡[14]，以就懿德；若中道而歸，何異[15]斷斯織乎？」羊子感其言，復還終業[16]，遂七年不返。

—— 南朝．范曄《後漢書．列女傳》

①河南：河南郡，現在河南洛陽一帶。/ ②樂羊子：樂羊，人名。子，尊稱。/ ③盜泉：古泉名。在今山東泗水東北，據傳說，孔子曾經路過盜泉，口渴而不飲，因厭惡其名稱，後來用以比喻不義之財。/ ④嗟來之

食：戰國時齊國發生饑荒，有人在路上施捨飲食，對一個饑民說：「嗟！來食（喂，吃吧）。」那個饑民說，我就是不吃「嗟來之食」才到這個地步的，終於不吃而死。現在「嗟來之食」泛指帶有侮辱性的施捨。/ ⑤捐：丟棄。/ ⑥跪：古人席地而坐，坐時兩膝着地，臀部放在腳跟上，跪時則伸直腰肢。/ ⑦他異：其他不平常的事，別的意外事。/ ⑧織：織物，織品。/ ⑨機杼：織布機。/ ⑩累：累積。/ ⑪稽廢時日：浪費時間。稽，稽延、拖延。廢，廢棄。時，時間。日，光陰。/ ⑫夫子：對丈夫的尊稱。/ ⑬積學：積累學識，即不斷學習。/ ⑭其所亡：自己所沒有的，所不知道的。其，這裏指自己。亡，沒有的，即沒有學過的知識。/ ⑮何異：有甚麼不同。/ ⑯終業：完成學業。終，結束，修畢。

【譯文】

河南郡樂羊子的妻子，不知道是哪一家的女兒。羊子曾經走在路上，拾到一塊別人遺失的金子。回家交給妻子，妻子說：「我聽說有志氣的人不喝盜泉的水；廉潔的人不接受侮辱性的施捨；何況拾別人遺失的東西謀求私利而玷污自己的品德呢？」羊子非常慚愧，就把金子丟棄在野外，到遠方尋師求學。

一年後回家，妻子跪坐着問他回家的原因，羊子說：「出門久了想念家裏，沒有別的意外事。」妻子就拿過刀快步走到織布機前面說：「這絲織品是從蠶繭抽絲開始，再在織布機上織成。一根絲一根絲地積累起來，才織到一寸長；一寸一寸不斷積累，才成丈成匹。現在如果割斷它，那就丟失成功的機會，延誤虛廢了時光。你不斷學習，就應當每天學習到自己沒有學過的東西，用來成就美好的德行。如果中途回家，和割斷這絲織品有甚麼不同呢？」羊子對妻子的話有所感悟，又回去修完學業，於是七年不返回家裏。

【古文常識】

在古文中，介詞「於」常常可以省略。因此讀古文時，應該加以注意。否則會妨礙對文意的理解。例如《史記 · 廉頗藺相如列傳》:「我為趙將，有攻城野戰之大功；而藺相如徒以口舌為勞，而位居（於）我上。」（我作為趙國的大將，有攻城野戰的大功勞，而藺相如只是動動嘴皮，可是職位卻在我之上。）括弧中省略了「於」（在）字，又例如陶淵明《桃花源記》:「林盡（於）水源，更得一山。」（桃花林在溪水發源的地方不見了，便發現一座山。）括弧省略了「於」（在）字。「於」，也可譯作「對」，例如《史記 · 淮陰侯列傳》:「跖之狗吠（於）堯；堯非不仁，狗固吠（於）非其主。」（盜跖的狗對堯狂吠，不是堯不仁德，因為狗當然要對不是牠的主人的人狂吠。）

在本寓言中「羊子嘗行路」，「行」之後省略了一個「於」字，即「羊子嘗行於路」，譯為羊子在路上行走。另一句「羊子感其言」，也是在「感」的後面省略了一個「於」字，即「羊子感於其言」，譯為羊子對妻子的話有所感悟。

【活用寓意】

此則寓言選自范曄《後漢書 · 列女傳》。范曄（公元 396 — 445 年），字蔚宗，順陽（今河南淅川）人，南朝史學家。《列女傳》內容主要是記載東漢時期符合傳統道德規範的婦女的事跡。羊子妻就是這樣一個具有賢明仁智美德的女性形象。此一形象給人們自我修養和為學方式以極大啟示。

寓言首先告訴我們，一個人要時時刻刻牢記為人原則，不要貪取不義之財以玷污自身的清白；其次是為學必須堅持到底，絕不可半途而廢。不止為學，做任何事情無不如此。

【思考與練習】

(1)　羊子妻的言行給你甚麼啟示？舉實例説明。

(2)　以下文句中在哪個詞後面省略了介詞「於」？

「狗吠深巷中，雞鳴桑樹巔」（陶淵明《歸園田居》）

（九）歧路亡羊

楊子[1]之鄰人亡羊，既[2]率其黨[3]，又請楊子之豎[4]追之。楊子曰：「嘻！亡一羊，何追者之眾？」

鄰人曰：「多歧路。」

既反，問：「獲羊乎？」

曰：「亡之矣。」

曰：「奚[5]亡之？」

曰：「歧路之中又有歧焉，吾不知所之，所以反也。」

楊子戚然[6]變容，不言者移時[7]，不笑者竟日[8]。

門人怪之，請曰：「羊賤畜，又非夫子[9]之所有，而損[10]言笑者，何哉？」

楊子不答，門人不獲所命[11]。

——《列子・說符》

①楊子：即楊朱，戰國時期哲學家，先秦古書中又稱他為楊子，魏國人。/ ②既：已經。/ ③黨：親族，一家人。/ ④豎：童僕。/ ⑤奚：怎麼，何以。/ ⑥戚然：憂傷的樣子。/ ⑦移時：過了一段時間。/ ⑧竟日：整

日。/ ⑨夫子：學生對老師的尊稱。/ ⑩損：減少，失去。/ ⑪所命：所要的答案。

【譯文】

楊朱家的鄰居走失了一隻羊，連忙率領全家老小，又邀請楊朱的童僕去追尋。

楊朱說：「哎！走失了一隻羊，何必要這麼多人去追尋？」

鄰人說：「因為岔路很多。」

追尋失羊的人回來時，楊朱問道：「找到羊了嗎？」

鄰居答道：「還是走失了。」

楊朱問：「怎麼會走失呢？」

鄰居說：「歧路之中又有歧路，不知道羊跑上哪條岔路，所以回來了。」

楊朱聽後，難過得臉色都變了，久久不說話，整天沒有笑容。

門徒覺得奇怪，問道：「羊是不值錢的牲畜，又不是先生您的，卻讓您悶悶不樂，為甚麼呢？」

楊朱不答，弟子們也不明白他的意思。

【古文常識】

「既」可以作副詞，也可與他詞合用作連詞。當作副詞用時也可有多種用法：

（一）表示事物性狀的程度高，可譯為「非常」，例子如《荀子·子道篇》：「今女（汝）衣服既盛，顏色充盈，天下且孰諫矣！」（你今天衣着很端莊整齊，滿面驕色，天下還有誰對你進諫言呢！）

（二）表示動作則為不久就發生、出現，可譯為「不久」，多用於句首或謂語前，例如楊萬里《誠齋荊溪集自序》：「予之詩，始學江西諸君子，既又學後山五字律。」（我的詩，起初學江西派各位名家，不久又學陳師道的五言律詩。）「既」譯作「不久」，是時間副詞。

（三） 用於謂語前，表示動作、行為或狀況已經出現或完結，可譯為「已經」，例如《左傳・莊公十年》:「既克，公問其故。」（已經戰勝了敵人，莊公問致勝的原因。）

本寓言中的「既」字，用法屬第三種，解作「已經」。「既率其黨，又請楊子之豎追之」，意思是已經帶領一家人，又邀請楊子的童僕去追尋。

【活用寓意】

楊子鄰居走失了一隻羊，動員全家老小，還邀請楊子的童僕去找尋，但是因為大道上的岔路太多，找不着，楊子為此愁容滿面。學生問他羊是不值錢的牲畜，為甚麼為牠的走失悶悶不樂，當時楊子沒有回答。原來戰國時代社會上百家爭鳴，學派林立，有道家、儒家、墨家、法家等等，加上各個學派中又有派別，譬如儒家就有八派，對儒家有不同的解讀，這種情況，使得楊子學生不知道學哪一派而迷失方向。

以上所述乃寓言的原意：我們正處於十分複雜的社會，在日常學習工作時，每做一件事，首先要明確目標，認清方向，千萬不要被表面現象所迷惑而迷失方向，否則必將無功而返。

【思考與練習】

(1)　在學習和工作中，你可曾因為現實複雜、目標不明確、方向認不清而失敗？

(2) 試指出以下兩句中哪一句中的「既」字作「已經」解：

(a) 馬中錫《中山狼傳》:「相持（互相對峙）既久，日晷（太陽影子）漸移。」

(b)《左傳 · 成公二年》:「仲叔于奚救孫桓子，桓子是以免（得免於難），既，衛人賞以邑（把城邑送給仲叔于奚），辭（被他辭謝了）。」

（十）駝背老人捕蟬

仲尼適①楚。出②於林中，見痀僂者③承蜩④，猶掇⑤之也。

仲尼曰：「子巧乎！有道⑥邪？」

曰：「我有道也。五六月累丸⑦二而不墜，則失者錙銖⑧；累三而不墜，則失者十一；累五而不墜，猶掇之也。吾處身⑨也，若厥株拘⑩；吾執臂也，若槁⑪木之枝。雖天地之大，萬物之多，而唯蜩翼之知，吾不反不側⑫，不以萬物易蜩之翼，何為而不得！」

孔子顧謂弟子曰：「用志⑬不分，乃凝於神⑭，其痀僂丈人之謂乎！」

——《莊子．達生》

①適：往，去。/ ②出：走過。/ ③痀僂者：駝背的人。/ ④承蜩：用竹竿黏蟬。承，用竹竿取，蜩，蟬。/ ⑤掇：拾取。/ ⑥道：方法，這裏指訣竅。/ ⑦累丸：疊放丸子。累，疊放堆積丸子，球形的小東西，如泥丸。/ ⑧錙銖：古代重量單位，二十四銖為一兩，六銖為一錙，比喻極少量。/ ⑨處身：站穩身體，立定身心。/ ⑩厥株拘：枯樹樁。厥，通橛。株拘，

亦作株枸，即斷樹根。/ ⑪槁：枯槁，乾枯。/ ⑫不反不側：不轉過來，不翻過去，即一動不動。/ ⑬志：心意、心志。/ ⑭凝於神：精神集中。凝，凝定，集聚，含有精神集中，就能表現出如有神明的作為之意。

【譯文】

孔子到魯國去，走過一片樹林，看見一個駝背的人用竿子在黏蟬，好像在地上揀東西一樣容易。

孔子問他：「先生您真是靈巧啊！這裏有甚麼竅門呢？」

駝背老人回答道：「我是有竅門啊。經過五六個月，我在竿頭上疊放兩個彈丸而不墜落，這樣去黏蟬就很少失手了；然後疊放三顆丸子而不墜落，那麼失手的機會只有十分之一；直到疊放了五顆丸子而不墜落，那麼就會像揀地上的東西一樣容易了。我立定身心，如同一棵枯樹樁；我舉起手臂，如同枯樹上的枝子。天地雖然廣大，萬物雖然繁多，但我心目中只有蟬的翅膀，我不東張西望、一動不動，不會因為林林總總的萬物而轉移對蟬翼的注意力，這樣怎麼會捕捉不到蟬呢？」

孔子聽了，回頭對學生說：「用心專一而不分散，就能聚精會神，達到神明的境界。這就是駝背老人所說明的道理吧！」

【古文常識】

在古文中，數量詞的用法和語體文有異；在本文中有所表現：

（一）在古文中經常有數詞不用量詞：例如「累丸二而不墜」，疊放彈丸兩顆，缺了量詞，還將數詞置後。「累丸三」、「累丸五」也相同。

（二）在古文中分數的用法也與語體文有異，例如「累三而不墜，則失之十一」，「十一」是十分之一。此外分數還有另外的表示法，例如《論語．泰伯》：「三分天下有其二，以服事殷」（周文王已有了三分之二的天下，仍然事奉殷王紂。）

此外，讀古文時要注意稱呼中的尊稱，此則寓言有：

（一）子：「子巧乎！有道邪？」

「子」可譯為「您」。例如在《論語・公冶長》中子路問孔子：「願聞子之志。」孔子回答：「老者友之，朋友信之，少者懷之。」（「使老人安定，使朋友相信，使少年親近。」）

（二）丈人：「其痀僂丈人之謂乎！」

「丈人」是對老人的尊稱，與今的「岳父」不同，再如《中山狼傳》：「乞丈人一言而生」（乞求老人家您說一句話救救我的命）。

【活用寓意】

這則寓言的主旨是孔子在聽完痀僂丈人講的一番黏蟬經驗之後的評價：蟬十分機警，絲毫動靜就飛走，所以捕蟬者得訓練在竹竿上疊放五顆丸子而不掉下來的技術，這樣黏樹上的蟬就易如反掌了。「用志不分，乃凝於神」，就是說不論做甚麼事情，只要用心專一、精神集中，排除外界一切干擾，持之以恆，就會產生神奇力量。

梁啟超在一次題為《敬業與樂業》的演講中引用了這故事，鼓勵青年人要熱愛自己的工作，專心致志地做好，不要心有旁鶩，一山望一山高，否則將一事無成。

【思考與練習】

(1)　舉出說明自己在學習和工作中由於心有旁鶩，導致失敗的事例。

(2)　試翻譯以下的句子，並把量詞補上：蘇老泉（蘇軾自號），二十七，始發憤，讀書籍。(《三字經》)

第二章

治國謀略篇

（十一）一鳴驚人

楚莊王[1]蒞政三年，無令發，無政為也。

右司馬[2]御座[3]而與王隱[4]曰：「有鳥止[5]南方之阜[6]，三年不翅，不飛不鳴，嘿然[7]無聲，此為何名？」

王曰：「三年不翅，將以長羽翼；不飛不鳴，將以觀民則。雖無飛，飛必衝天；雖無鳴，鳴必驚人。子釋之[8]，不穀[9]知之矣。」

處半年，乃自聽政；所廢者十，所起者九，誅大臣五，舉處士[10]六，而邦大治。

——《韓非子 · 喻老》

①楚莊王：春秋時，楚國國君（公元前 613－前 591 在位），春秋五霸之一。/ ②右司馬：官名，姓名不詳。/ ③御坐：侍座，侍立君主座位的旁

邊。/ ④隱：隱語。即謎語，用謎語的方式表達意思。/ ⑤止：棲止，棲息。/ ⑥阜：土山，小的山陵。/ ⑦嘿然：默默不作聲。嘿，同默。/ ⑧釋之：把它放下，譯為「你放心」。/ ⑨不穀：穀是有益的植物，不穀，即言自己是無益於人。古時君主自謙稱「不穀」。/ ⑩處士：有才學但沒有出來做官的人。

【譯文】

楚莊王當政三年，不發號令，也不理政務。

有一天，右司馬在他座位旁邊侍立，用謎語對莊王說：「有一隻大鳥棲息在南方的山丘上，三年之間，沒有拍動翅膀，不飛翔也不鳴叫，默默不作聲，這是一隻甚麼鳥呢？」

莊王說：「三年不拍動翅膀，是為了長翅膀；不飛翔也不鳴叫，是為了觀察民間的情形。現在雖然沒有飛，但一飛一定衝上雲霄；現在雖然沒有鳴叫，但一叫必然使人驚動。你放心吧，我已經明白了。」

過了半年，莊王親自處理政事，廢止不合理的法令十項，建立新法令九項，誅殺大臣五個，起用處士六人，於是國家政治修明，局勢安定。

【古文常識】

在古文中，量詞出現得很早，但在許多情況下是不用量詞的，所以在早期古文中少有量詞被使用的情況。

注意本寓言末句量詞的省略：「所廢者十，所起者九，誅大臣五，舉處士六。」其中「十」、「九」、「五」、「六」只有數詞而無量詞。「十」、「九」省略了「次」（法令），「五」、「六」省略了「個」（人）兩個量詞。

【活用寓意】

此則寓言敍述鳥兒為了積蓄力量，三年不飛不鳴，然後一飛衝天、一鳴驚人，比喻春秋五霸之一的楚莊王的精明。他深思熟慮、胸有成竹，初即位時沒有經驗，不解政情，所以執政最初幾年「無令發，無政為」，實際上他是在冷靜地觀察，調查研究官員，體察民間情況，等到時機成熟，就以鐵腕手段，果斷執行，因此成績斐然，國家大治，為後來東征南討，戰無不勝，成就霸業，打下堅實基礎。可以説取得了「一飛衝天」、「一鳴驚人」的效果。

這個寓言教導我們：要做為一件事，必須選定目標，明確方向，做好周密的計劃，然後腳踏實地、勤懇地堅持下去，才能取得成功。當然，從另一方面看，如果一個人不肯腳踏實地、刻苦耐勞、勤懇工作，企圖一舉成名，必失敗無疑。此寓言後來用為一下子作出驚人之舉或顯露出成就的典故。

【思考與練習】

(1) **説説原先你對「不鳴則已，一鳴驚人」和讀了這篇寓言故事之後，想法有甚麼不同？説説得到甚麼啟示？**

(2) **指出以下句子中省略了的量詞：「殺一牛，取一豆（盤）肉」(《韓非子・外儲説》)**

（十二）不材之子

今有不材之子，父母怒[①]之弗為改，鄉人譙[②]之弗為動，師長教之弗為變。夫以父母之愛，鄉人之行[③]，師長之智，三美[④]加焉，而終不動其脛毛。州部[⑤]之吏，操[⑥]官兵，推公法，而求索[⑦]姦人，然後恐懼，變其節[⑧]，易其行矣。故父母之愛，不足以教子，必待州部之嚴刑者，民固[⑨]驕於愛，聽於威矣。故十仞[⑩]之城，樓季[⑪]弗能踰者，峭也；千仞之山，跛牂[⑫]易牧者，夷[⑬]也。故明主峭其法，而嚴其刑也。

——《韓非子・五蠹》

①怒：責備，譴責。《禮記・內則》：「若不可教，而後怒之。」（如果教育不管用，就可以責罰他。）/ ②譙：通誚，譏誚、譏諷。/ ③行：作言語、勸告解。/ ④三美：三種良好的努力、辦法。/ ⑤州部：古時行政區劃。/ ⑥操：原意是把持，此處為率領。/ ⑦求索：搜捕。/ ⑧節：竹節，引伸為行為的準則，即氣節、節操，這裏指志向。/ ⑨固：本來。/ ⑩仞：古代的長度單位，古以七尺或八尺為一仞。/ ⑪樓季：人名，魏國君主的弟弟，擅長攀躍。/ ⑫跛牂：跛腳的母羊，牂，母羊。/ ⑬夷：平坦。

【譯文】

現在有一個不成材的年輕人，父母責罵他，他不肯改過；同鄉譏諷他，他不為所動；師長教導他，他也不肯悔悟。用父母的慈愛，同鄉的良言，師長的智慧，三種好辦法引導他，而最終一點都不能打動他。地方官吏，率領官兵，推行國家法令，搜捕奸邪分子，他才害怕，更改意向，變易他的行為。所以父母的慈愛，用來教兒子是不夠的，必須等待地方官施行嚴厲的刑罰才行得通。這是因為老百姓的本性是對慈愛驕縱，而對威力就服從啊。七、八十尺高的城池，即使樓季也不能逾越，因為太陡峭了；跛腳的母羊，容易放牧，那是因為山的坡度不高而較為平坦的啊。所以英明的君主要制定嚴峻的法令，執行嚴厲的刑罰。

【古文常識】

焉可以做代詞，一為疑問代詞，可以代人，代地點，代事物，譯為「誰」、「哪裏」、「甚麼」、「怎麼」，例如《愚公移山》：「且焉置土石？」(往哪裏放那些土石？)「焉」字，就當「怎麼」或「哪裏」解。

另一種用法為人稱代詞，可譯為「他」或「它」，例如本文「三美加焉」(三種好辦法施加到他身上)，焉，是指他。另外的例子見《論語・衛靈公》：「眾好之，必察焉；眾惡之，必察焉。」(大家都喜歡他，一定要考察他；大家都厭惡他，必定要考察他。)焉，指他。

【活用寓意】

春秋戰國時期，百家爭鳴，韓非屬於法家，法家主張以法律治國，以嚴刑峻法進行統治，但是這個法律是人君判定，臣民必須遵守。他反對儒家的以仁義治國，也反對墨家的兼愛治國，認為人性本惡；用仁愛治國，人民就會驕縱，而嚴刑峻法，就能使人民就範。這則寓言貫徹了這一思想。

這篇寓言主旨是通過一個不成器的年輕人，不論父母的慈愛，同鄉的良言，師長的智慧，都不能打動他改邪歸正，而後官吏率兵搜捕和打擊邪惡之徒，他才收斂惡行。說明只有嚴刑峻法才能保持社會的安寧。

這則寓言對現代人有所啟示：一是一個社會必須有法律，對惡人執行懲治，才能維持安定；然而對做壞事的人不實行細緻的教育工作，動不動就使用嚴刑峻法，使人民害怕，卻會造成社會恐慌。

【思考與練習】

(1)　你認為校規應該訂得嚴些，還是鬆些？對犯錯誤的學生是否應該嚴格執行處分？

(2)　試解釋以下句子中的「焉」字是屬於哪一類代詞：「賢於己者（比自己道德高尚的人），問焉以破其疑。」（劉開《問說》）

（十三）五十步笑百步

梁惠王①曰：「寡人之於國也，盡心焉耳矣。河內②凶，則移其民於河東③，移其粟於河內。河東凶亦然。察鄰國之政，無如寡人之用心者。鄰國之民不加少④，寡人之民不加多，何也？」

孟子對曰：「王好戰，請⑤以戰喻：填然⑥鼓之，兵刃⑦既接，棄甲⑧曳兵⑨而走，或百步而後止，或五十步而後止，以五十步笑百步，則何如？」

曰：「不可。直不⑩百步耳，是亦走⑪也。」

曰：「王如知此，則無望民之多於鄰國也。」

——《孟子・梁惠王上》

①梁惠王：即魏惠王，戰國時魏國國君，公元前 366 年－前 319 在位，他在位時遷魏都於大梁（今河南開封），公元前 344 改稱王，故稱梁惠王。/ ②河內：魏國的河內地，即黃河北岸土地，當今河南濟源一帶。/ ③河東：魏國河東地，當今山西安邑一帶。/ ④加少：「更少」，後面「加多」是更多，也可譯為減少或增多。/ ⑤請：只是一種表示客氣之詞，沒有具體含義。/ ⑥填然：填，象聲詞，擊打戰鼓的聲音。然，形容詞詞尾。/ ⑦兵刃：兵器、武器。兵刃既接，兵器已經相接。/ ⑧棄甲：拋棄鎧甲。鎧甲，古代戰士穿的用皮和金屬製成的保護衣服。/ ⑨曳兵：拖着兵

器，狼狽逃竄。/ ⑩直不：只不過是。直，只。/ ⑪走：跑，古文指「走」為跑，粵語仍保留此意。這裏是逃跑的意思。

【譯文】

梁惠王說：「我對於治理國家，真是竭盡心力了。河內地區鬧饑荒，我就把那裏的老百姓遷移到河東去，同時還把河東的一部分糧食搬運到河內去；假如河東鬧饑荒，我也是照樣辦理。我曾經考察過鄰國的政治，沒有一個國家像我這樣關心老百姓的。可是那些國家的百姓並不因此而減少，我的百姓並不因此加多，這是甚麼緣故呢？」

孟子答道：「大王喜歡戰爭，請讓我用戰爭來做比喻吧。戰鼓鼕鼕擂起，短兵相接，戰敗的一方丟盔卸甲，拖着武器，向後逃跑。有的跑了一百步停住腳，有的五十步停住腳，那些跑五十步的嘲笑跑一百步的，您認為怎麼樣？」

梁惠王說：「不對，那些跑五十步的只不過沒有跑到一百步而已，但也是逃跑啊！」

孟子說：「大王您如果懂得這個道理，就不必去盼望國家的百姓比鄰國多啊！」

【古文常識】

本寓言中有古今詞義不同的詞語，一為「河內凶，則移其民於河東」，「凶」古今詞義不同，現在「凶」多與「吉」相對，即「不吉利」的意思，而在本句中則解為「災荒」。在《禮記．曲禮下》中有「歲凶，五穀不登」。二為「兵刃既接，棄甲曳兵而走」，現在「走」是指人或鳥獸的腳交互向前移動，而在古代則是「跑」的意思。在古代，慢慢走叫「步」，快快走叫「趨」，比趨更快叫「走」。《後漢書．張湛傳》：「後告歸平陵（家鄉名），望寺門而步（慢慢走）。」《孟子．公孫丑上》：「其子趨（疾走）而往視之，苗則槁（乾枯）矣。」

【活用寓意】

　　這則寓言是孟子在回答梁惠王時説的，梁惠王自以為很愛老百姓，很為老百姓着想：河內地區鬧饑荒，就把百姓移到河東，搬運部分糧食於河內，河東鬧饑荒也照樣做；鄰國君王所做遠非如此，但是鄰國百姓並不因此減少，自己國內百姓亦不因此增多，他不明白為甚麼。於是孟子就講了五十步笑百步的故事做比喻説明其原因：那就是梁惠王沒有對百姓施行「仁政」，不體恤百姓的痛苦，從孟子説「王好戰」便可以看出梁惠王不是「仁君」，所以才使用「五十步笑百步」為喻，説明梁惠王在國內鬧饑荒時遷走百姓的行為，都不過是小恩小惠之舉。

　　這個故事在日常學習和生活中經常可以遇到：做錯事只會從多少、輕重衡量，而不是從錯誤的本質去考慮及時改正，以致錯誤越來越嚴重。

【思考與練習】

(1)　你可曾有過「五十步笑百步」的經歷？

(2)　試解釋以下句子中「壟斷」其古今詞義的不同：「自此冀之南，漢之北，無壟斷焉。」(從此冀州的南面，漢水的北面，沒有山岡阻隔了。)(《列子．愚公移山》)

（十四）宋襄公的仁義觀

宋襄公①與楚人戰於涿谷②之上，宋人既成列矣，楚人未及濟③。右司馬購強④趨而諫曰：「楚人眾而宋人寡，請使楚人半涉未成列而擊之，必敗。」

襄公曰：「寡人聞君子曰：『不重傷⑤，不擒二毛⑥，不推人於險，不迫人於阨⑦，不鼓⑧不成列。』今楚未濟而擊之，害義。請使楚人畢涉成陣而後鼓士進之。」

右司馬曰：「君不愛宋民，腹心不完⑨，特為義耳。」

公曰：「不反列⑩，且行法。」

右司馬反列，楚人已成列撰陣⑪矣，公乃鼓之，宋人大敗，公傷股⑫，三日而死。

此乃慕自親仁義之禍。

——《韓非子・內儲說左上》

①宋襄公：春秋時宋國國君，公元前 650 – 前 637 年在位。/ ②戰於涿谷：指的是《左傳》記載的泓水之戰，泓水位於今河南省柘城縣北，涿

谷，宋國地名，當在柘城附近。/ ③濟：渡，過河，指渡過泓水。/ ④右司馬購強：右司馬，古代官名，掌軍政領兵征戰。購強，據《左傳》應為公子目夷，字子魚，宋襄公的庶兄（同父異母妾所生的兄長）。/ ⑤不重傷：不再傷害已經受傷害的人。重，再次，重複。/ ⑥二毛：頭髮斑白，也指頭髮斑白老人，二毛，頭髮黑白兩種顏色。/ ⑦阨：通厄，窮困、災難。/ ⑧鼓：擊鼓，古時以此為進攻的信號，以鳴金（鑼）收兵。/ ⑨腹心不完：不保全智勇雙全的將士。腹心，肚腹與心臟，是人體重要器官，比喻捍衛國家的將士。/ ⑩反列：回到隊列中去。反，通「返」。/ ⑪撰陣：擺好陣勢。撰，編排。/ ⑫股：腿。

【譯文】

宋襄公和楚國在涿谷交戰，宋軍已經排成陣勢，楚軍尚未渡河，右司馬購強快步向前，規勸宋襄公說：「楚軍多，而宋軍少，請在楚軍渡河半途尚未排成陣勢時便進攻，一定會打敗他們的。」

宋襄公說：「寡人聽有德行的人說過：『不傷害已經受傷了的士卒，不俘虜頭髮花白的老兵，不把人推向危險的境地，不將人逼入絕路，不攻擊未成陣勢的敵軍。』現在楚軍尚未渡河而攻擊它，是損害仁義的。可以讓楚軍全部渡河佈好陣勢後再進攻。」

右司馬說：「您不愛護宋國人民，不保存智勇的將士，只是為了仁義而已。」

宋襄公說：「你不回到隊伍裏去，就以軍法處置。」

右司馬回到隊伍裏去，楚軍已經擺好陣勢，宋襄公擊鼓進軍，宋軍大敗。襄公腿受傷，過了三天就死了。

這就是自身仰慕仁義的禍害。

【古文常識】

「而」字最主要功用是作連詞，其中有多種用法，相當複雜而廣泛。本篇三處用了「而」字，需根據上下文的意思辨別其用法。

（一）表示並列的關係，這種用法的「而」字所連接的前後兩項之間的關係是並列的，沒有先後主次之分，可譯為「又」、「而又」，也可不譯。例如柳宗元《捕蛇者説》：「永州之野產異蛇，黑質而白章」（永州的郊外產一種奇異的蛇，黑底白花紋），「而」字不譯。本篇中「楚人眾而宋人寡」，出兵「多」而宋兵「少」關係是並列的。

（二）表示承接的關係：連接兩件事，在時間上表示第二件事是緊接着第一件事發生，在意思上密切相關，可譯為「就」、「便」、「才」等。例如《曹劌論戰》：「一鼓作氣，再而衰，三而竭」（第一次擊鼓進軍士氣高揚，第二次擊鼓士氣就衰落了；第三次擊鼓，士氣就泄盡了。本篇中「請使楚人半涉未成而擊之」（請在楚軍渡河半途尚未排成陣勢便進攻），「進攻」與「未排成陣勢」在意思上緊密相連，用「而」來連接。

（三）表示修飾關係，這種「而」字一般用在狀語和動詞謂語之間，表示一種修飾性的偏正關係，可譯為「地」或者「着」，通常不譯。《孟子．離婁下》：「仰而思之，夜以繼日」（抬着頭考慮它，日夜不停）。又例《論語．先進》：「子路率爾而對」（子路急速地回答），前一例「仰」作動詞的狀語（修飾語），「而」字表示這種修飾性的偏正關係，後一例的「率爾」（急速地）放在動詞「對」之前，作狀語。有時候時間名詞作修飾語也可用「而」來連接，例如荀子《勸學》：「吾嘗終日而思矣，不如須臾之所學也。」（我曾經整日思想，可是不如一會兒學到的多。）句中的時間名詞「終日」充當「思」的修飾語。本篇中也有這種情況，例如「三日而死」，「三日」是動詞「死」的修飾語，説明「死」的時間。

【活用寓意】

戰爭是一種你死我活的事情，在戰場上，敵我雙方都在不斷尋找對方的破綻，以迅雷不及掩耳的攻勢予以毀滅性的打擊。在宋楚泓水之戰中，右司馬購強勸諫宋襄公趁楚軍尚未完全渡河率先進攻，但被襄公以這樣做會使自己陷於不義而拒絕了，以致失去殲敵的良機，等到楚軍渡過河，擺好陣勢，襄公才鳴鼓打擊，但為時已晚，宋軍大敗，襄公受重傷身死。

對於宋襄公在泓水之戰中的表現人們有不同的看法：有人認為，戰爭是對付敵人的，對敵人仁慈就是對自己的將士人民的殘忍，所以襄公的戰敗身亡，是咎由自取；另一些人則認為襄公奉行的是儒家仁義之道，與當前社會上奉行的「公平競爭」（Fair Play）一致。

【思考與練習】

(1)　你對宋襄公在泓水之戰中的作為有甚麼看法？

(2)　說說以下句子中「而」字的用法：「任重而道遠。」（責任重大，道路遙遠。）（《論語．泰伯》）

（十五）紂製造象箸

紂[①]為象箸而箕子[②]怖，以為象箸必不盛羹於土鉶[③]，則必犀玉之杯[④]；玉杯象箸必不羹菽藿[⑤]，則必旄象豹胎[⑥]；旄象豹胎必不衣短褐而舍茅茨之下，則必錦衣九重[⑦]，高台廣室也。稱此[⑧]以求，則天下不足矣，聖人見微以知明，見端以知末。故見象箸，知天下不足也。

——《韓非子・說林上》

①紂：商朝末代帝王，荒淫暴虐，殺戮忠良，被周武王所誅滅。/ ②箕子：商紂王的叔叔，紂王無道，箕子勸諫不聽，紂亡後，封於朝鮮。/ ③土鉶：陶製的器具。/ ④杯：古代盛羹或注酒的器皿。杯，同盃。/ ⑤菽藿：菽，豆類的總稱；藿，豆葉。菽藿，指粗菜。/ ⑥旄象豹胎：旄，旄牛尾。象，象白（象脂）。豹胎，豹的胎兒。在古代人們認為它們是山珍美味。/ ⑦九重：九道，古代國君居住的皇宮的門有九重。此句九重是指皇宮的深邃。/ ⑧稱此：按照這樣的方向。稱，配合。

【譯文】

從前商紂王製作象牙筷子，箕子感到憂慮，認為用象牙筷子，就不會把肉菜湯裝在陶土器皿中，一定要用犀角玉石做的杯盤。犀角玉石製的杯盤，就不會用豆葉等的粗菜做湯，一定要盛牛象豹胎等美味；既然吃的是旄象豹胎等美味，就一定不會穿粗布做的短衣，住在茅草蓋的房屋下面，那一定穿錦綉製的衣裳；住在深宮，有宏偉的房屋、華麗的亭台。照這個方向發展，那天下所有珍貴的東西都不能滿足他的慾望了。聖人看到潛伏的微小因素，就知道顯著的情狀；看到事情的開端，就知道未來的結局。所以箕子看到商紂王製象牙筷子，感到憂慮，而知道天下所有珍貴的東西，都不能滿足他的慾望了。

【古文常識】

在古文中，有時名詞處在動詞的位置上了，於是臨時取得了動詞的語法特點和造句功能，活用為動詞。由於詞性的變化，必然引起詞義相應的變化，即變為與之意義有關的動詞意義。

本文「必不衣短褐而舍茅茨之下」中就有兩個名詞作動詞用：「衣」本是名詞，動詞作「穿」用；「舍」本是名詞房舍，句中作動詞「住宿」用。還有「象箸必不盛羹於土鉶」和「玉杯象箸必不羹菽藿」前後兩個「羹」字詞性不同，前者是名詞，是肉菜湯的意思，後者是動詞「做湯」的意思。

【活用寓意】

這則寓言在《韓非子》一書中出現兩次：一次在《説林上》篇，另一次在《喻老》篇，可見韓非子重視商紂王滅亡的歷史教訓，從中獲得極為珍貴的治國啟迪。

寓言中箕子看到商紂王用象牙筷子這件小事，認為這是腐敗的苗頭、奢侈的先兆。推論用象牙製的筷子，相應地必然要用犀角玉石的器皿，吃的必然是牦象豹胎等山珍美味；接着就要求穿錦綉衣裳、住豪華金殿，慾望無限制地膨脹，結果成為一個驕奢淫佚、暴虐無道的君主，致使民怨沸騰，諸侯叛離，導致周武王率領諸侯討伐，兵敗自焚而死，商朝滅亡。箕子能夠從實際出發，看到事物從量變到質變的過程，得以「見微以知明，見端以知末」。我們應當學習箕子這樣有遠見的觀察事物的方法，同時也要用此方法反省自己。

【思考與練習】

(1)　你能否說出一個人從不起眼的不良行為發展成為致命錯誤的故事？

(2)　試指出以下句子中的「蹄」如何活用為動詞：「驢不勝怒，蹄之。」(柳宗元《黔之驢》)

（十六）苛政猛於虎

孔子過泰山側，有婦人哭於墓者而哀，夫子[①]式[②]而聽之。

使子路[③]問之，曰：「子之哭也，一似重有憂者。」

而曰：「然，昔者，吾舅[④]死於虎，吾夫又死焉，今吾子又死焉！」

夫子曰：「何為不去也？」曰：「無苛政[⑤]。」

夫子曰：「小子[⑥]識[⑦]之，苛政猛於虎也！」

——《禮記．檀弓下》

①夫子：古代對師長的稱呼，這裏指孔子。/ ②式：通軾，車廂前面供人憑依的橫木。/ ③子路：孔子的弟子。/ ④舅：古代妻子對丈夫的父親的稱呼，即公公。/ ⑤苛政：苛刻殘酷的政令。苛：苛刻，過分嚴厲。政，政治、政令。一說政通徵，即徵稅，因此苛政指苛捐雜稅，繁重的捐稅。/ ⑥小子：古代老師對學生的稱呼。/ ⑦識：通志，記住，記。

【譯文】

孔子路過泰山旁邊，有一個婦人在墳墓前哭得很傷心，孔子憑依車軾傾聽。

他叫子路前去詢問，說：「你的哭聲這麼傷心，好像遭受深重的苦難。」婦人回答道：「是的，從前我公公死於虎口，我的丈夫又被老虎吃了，現在我的兒子又是這樣送了命。」

孔子說：「你為甚麼不離開這裏呢？」回答說：「這裏沒有殘暴的政令。」

孔子說：「年輕人記住，殘暴的政令比老虎還兇猛啊！」

【古文常識】

古文的被動句，經常藉助表示被動的詞語，常見的有「於」、「為」、「見」等。其中「於」字句的特點是，在動詞後面常用介詞「於」引進主動者。例如《史記．廉頗藺相如列傳》：「夫趙強而燕弱，而君幸於趙，故燕王欲結於君。」（我們趙國強大燕國弱小，您又被趙王寵愛，所以燕王想跟您交朋友。）句中第一個「於」字加上行為的主動者「趙王」，放在「幸」（寵愛）後面，表示這個動詞用於被動，「幸於趙王」，就是被趙王寵愛；第二個「於」是介詞，意為「跟」、「與」，不是被動。本篇中「昔者吾舅死於虎」，「於」字加上行為的主動者「虎」，放在「死」（咬死）的後面，表示此動詞用於被動，「死於虎」，即「被老虎咬死」，全句則應譯為「從前我的公公被老虎咬死（或吃掉）」。

【活用寓意】

本篇選自《禮記．檀弓下》。這是一篇血淚斑斑的文字，從孔子路過泰山側聽到婦人淒慘的哭聲，到婦人控訴自己的公公、丈夫、兒子一家三口被虎咬死，而她卻因為此地沒有「苛政」不肯搬離，終至孔子悲憤地痛斥當權者施行的「苛政猛於虎」，可見「苛政」比老虎還要兇殘。

控訴當權者施行「苛政」，對老百姓橫徵暴斂，使之生活於水深火熱之中，是中國古代文學中永恆的主題。而孔子「苛政猛於虎」這句話則是當權者殘忍無道，黎民受苦無處躲避的形象的概括，顯示儒家悲天憫人的博大襟懷，影響十分深遠。柳宗元的名篇《捕蛇者説》就是傳承這一傳統而寫下的。

【思考與練習】

（1）古代人民對付當權者的「苛政」，除躲避之外，還有別的甚麼辦法？

（2）在你讀過的古文中找出一句「於」字在其中是被動介詞的句子。

(十七) 蝸角觸蠻之爭

戴晉人[1]曰:「有所謂蝸[2]者,君[3]知之乎?」

曰:「然。」

「有國於蝸之左角者曰觸氏,有國於蝸之右角者曰蠻氏,時相與爭地而戰,伏屍[4]數萬,逐北[5]旬有五日[6]而後反。」

君曰:「噫!其虛言[7]與?」

曰:「臣請為君實之[8]。君以意[9]在上下四方有窮乎?」

君曰:「無窮。」

曰:「知游心[10]於無窮,而反在通達之國,若存若亡[11]乎?」

君曰:「然。」

曰:「通達之中有魏,於魏中有梁,於梁中有王。王與蠻氏有辯[12]乎?」

君曰:「無辯。」

客出而君惝然若有亡⑬也。

——《莊子・雜篇・則陽》

①戴晉人：人名；生平不詳。/ ②蝸：蝸牛，一種軟體動物，頭上有一對可以伸縮的觸角。/ ③君：指魏惠王，詳見（十三）「五十步笑百步」註①。/ ④伏屍：倒伏地上的屍體。/ ⑤逐北：追逐失敗者。北，敗走。/ ⑥旬有五日：十五天。旬，十天。有，通又。/ ⑦虛言：虛構的話。/ ⑧實之：證實它。/ ⑨意：料想，推測。/ ⑩游心：心神遨遊。/ ⑪若存若亡：似有似無，從天空看地下事物，顯得渺小不足道，物體在有無之間。/ ⑫辯：通辨、區別。是通假字。/ ⑬惝然若有亡：不高興、心中若有所失。惝然，悵然、不如意，內心空虛。亡，失。

【譯文】

戴晉人對魏惠王說：「有一種叫做蝸牛的動物，您知道嗎？」

魏惠王說：「知道。」

戴晉人說：「有一個國家在蝸牛的左角上，叫做觸氏；另一個國家在蝸牛的右角上，叫做蠻氏。這兩個國家時常為了爭奪土地而發生戰爭，戰死的屍體有好幾萬，勝利者用了十五天追逐戰敗者然後凱旋。」

魏惠王說：「哎喲，這是虛構的故事吧。」

戴晉人曰：「請讓我為您證實這件事。依照您的推測，宇宙上下四方有窮盡嗎？」

魏惠王說：「無邊無涯，無窮無盡。」

戴晉人說：「您知道心神遨遊在無窮無盡的宇宙空間，再回過頭來看我們居住的四通八達的國度，是不是渺小得使人覺得若有若無嗎？」

魏惠王說：「是的。」

戴晉人說：「在這四通八達的國度中有魏國，魏國中有大梁，大梁裏有大王您。那麼大王您和蝸角的蠻氏有區別嗎？」

魏惠王說：「沒有區別。」

戴晉人離開之後，魏惠王悶悶不樂，內心空虛，若有所失。

【古文常識】

古漢語經常有次序倒裝的情況。例如《列子・愚公移山》：「遂率子孫荷擔者三夫，叩石墾壤。」（於是愚公帶領子孫中能挑擔子的三個成年人，鑿石頭，挖泥土。）「子孫荷擔者」是「能荷擔的子孫」的倒裝，用「者」字結尾。又如司馬光《李愬雪夜入蔡州》：「時大風雪，旌旗裂，人馬凍死者相望。」（當時正颳大風下大雪，旗幟都被凍裂，被凍死的人馬到處可見。）「人馬凍死者」即「凍死的人馬」的倒裝。本篇寓言中的「有國於蝸之右角者曰蠻氏」是「於蝸之右角有國曰蠻氏」的倒裝句。

【活用寓意】

此則寓言的背景是齊威王違背了與魏惠王的盟約，魏惠王大怒，朝中武將主張揮軍攻齊，攻城略地，消滅齊國；文臣認為戰爭將使玉石俱焚，不值得。主戰和主和兩種意見相持不下，有人引薦戴晉人見魏惠王。戴晉人就向魏王講了蝸牛角上觸、蠻兩國相爭，伏屍數萬的故事，認為天宇上下四方無窮盡，魏國和齊國在爭奪空間中也如蝸角中的觸蠻二國微渺不足道，魏王和蠻氏並無分別。為了小小的利益而爭奪不休，是不值得的，可見我們做事時應該把眼光看得遠些，正如處理兩國之矛盾，當化干戈為玉帛才是。

【思考與練習】

(1) 莊子認為活在無窮盡的宇宙，個人、國家、君主都微不足道，任何戰爭都是沒有意義的，你同意嗎？說說你的看法，可舉實例說明。

(2) 請說明以下句子是如何倒裝的？

「求人可使報秦者，未得。」（司馬遷《史記·廉頗藺相如列傳》）

（十八）踴貴而屨賤

景公欲更晏子之宅，曰：「子之宅近市，湫溢囂塵[1]，不可以居，請更諸[2]爽塏[3]者。」

晏子辭曰：「君子先臣[4]容焉，臣不足以嗣[5]之，於臣侈矣。且小人[6]近市，朝夕得所求，小人之利也，敢煩里旅[7]！」

公笑曰：「子近市，識貴賤乎？」

對曰：「既竊[8]利之，敢不識乎？」

公曰：「何貴何賤？」是時也，公繁於刑，有鬻踴[9]者，故對曰：「踴貴而屨[10]賤。」公愀然[11]改容，公為是省於刑。

——《晏子春秋．內篇雜下》

①湫溢囂塵：低下狹小、喧鬧塵土飛揚。形容人車來往紛繁。/ ②諸：「之於」的合音詞。/ ③爽塏：明亮乾燥。爽，明亮清爽。塏，地勢高而乾燥。/ ④先臣：去世的臣子，指晏子自己的先輩。晏子（？－公元前 500 年），字平仲，夷維（今山東高密市）人，春秋時期齊國大夫（官名），公元前 516 年繼父親位齊卿。/ ⑤嗣：繼承。/ ⑥小人：自己的謙稱。/ ⑦里旅：里長。一里之長，里，區域單位。/ ⑧竊：我的謙稱，私自、私

下。/ ⑨躊踴：售賣為受刖刑（古代砍掉犯人雙腳及腳跟的刑罰）特製的鞋子。/ ⑩屨：用麻葛等物製成的鞋子。/ ⑪愀然：臉色改變，可以是悲傷的，也可以是嚴肅的，可以根據上下文做不同理解。

【譯文】

齊景公想讓晏子更換住宅，對晏子説：「你的住宅靠近集市，低下狹小，喧鬧揚塵；不可以居住，請換到明亮清爽地勢高而乾燥的地方住。」

晏子辭謝道：「這是我的先人居住過的地方，我還不夠資格來繼承它，能住在這裏對我而言已經很奢侈了。再説我的住宅靠近集市，早晚都能買到所需要的物品，對我是很有利的。我怎麼敢勞煩里長幫我搬遷住宅呢？」

齊景公笑着説：「你的住宅靠近集市，知道集市貨品的貴賤嗎？」

晏子回答道：「既然我已經從中取得便利，怎麼能不知道呢？」

齊景公問：「甚麼貨品貴甚麼貨品賤呢？」當時，景公用刑頻繁，集市有賣為受過砍掉雙腳刑罰的人而特製的鞋子，所以晏子回答説：「假腳穿的鞋子貴，常人穿的鞋子賤。」景公聽了之後，面容變色，顯出憂傷的樣子，於是減省了刑罰。

【古文常識】

省略句有主語省略、謂語省略和賓語省略等，其中賓語省略多半是由於賓語所指的事物在上文已經出現，賓語承前省略。例如《論語・顏淵》：「人皆有兄弟，我獨亡。」（人都有兄弟，單單我沒有（兄弟）。）在本文中，景公問晏子：「近市（靠近集市），知貴賤乎？（知道貨品的貴賤嗎？）」後半句省略了「市」（集市貨物）這個賓語，即「知市貴賤乎？」

【活用寓意】

在人們的心目中，晏子是一個身材矮小、能言善辯、機智勇敢的歷史人物。這是從晏子兩次出使楚國，以「使狗國者入狗門」、「橘逾淮則成枳」兩件反擊楚王的侮辱的事情中顯示出來；但是人們忽略了他憂國憂民、愛民如子的情操，以及對被侮辱與被損害者抱有無限同情的偉大人道主義襟懷。正因為晏子無時無刻不以人民疾苦為懷，所以當景公問起集市「何貴何賤」時，他不加思索馬上回答「踴貴屨賤」，而景公亦為晏子的真誠所感動，減省酷刑，使犯人免卻許多痛苦。

還有故事中晏子說的「君之先臣容焉，臣不足以嗣之，於臣侈矣」，相對於許多紈絝子弟樂於享受父母或先輩的財富還炫耀不已，比較之下應該感到汗顏，予以改正。

【思考與練習】

(1)　有人說制止社會的混亂，需要用嚴刑，你同意嗎？為甚麼？

(2)　試指出以下句子中省略的主語和賓語：

「余幼好書，家貧難致（難得到），有孫氏藏書甚豐，往借。」（袁枚《黃生借書說》）

（十九）網開三面

湯[①]見祝網者[②]，置[③]四面，其祝曰：「從天墜者，從地出者，從四方來者，皆離[④]吾網。」湯曰：「嘻[⑤]！盡之矣。非桀[⑥]其孰為此也？」

湯收其三面，置其一面，更[⑦]教祝曰：「昔蛛蝥[⑧]作網罟[⑨]，今之人學紓[⑩]。欲左者，左；欲右者，右；欲高者，高；欲下者，下；吾取其犯命[⑪]者。」漢南[⑫]之國聞之曰：「湯之德及禽獸矣。」四十國歸之。

——《呂氏春秋．異用》

①湯：商湯，公元前十六世紀商朝的開國君主，他勤政修德，當時夏桀淫侈暴虐，遂起兵征伐，推翻夏朝。/ ②祝網者：向神靈祝禱求福的人。祝，向神靈祝禱求福。/ ③置：設置。/ ④離：通罹，遭遇。通假字。/ ⑤嘻：感歎詞。/ ⑥桀：夏桀，夏朝最後一個君主，他即位後淫侈暴虐，以酷為政，虐殺百姓，濫施征伐。/ ⑦更：改變，重新。/ ⑧蛛蝥：蜘蛛。/ ⑨網罟：網。二字同義，是同義複合詞。/ ⑩紓：通杼，織布梭，此處作織網解。/ ⑪犯命：觸犯天命（上天的旨意）。/ ⑫漢南：漢水之南，漢水，源出陝西寧強縣北部翠屏山，東南流經陝西南部、湖北西北部和中部，在武漢入長江。

【譯文】

商湯在郊野看見一個獵人四面設網，他對着網祝禱說：「從天上墜落的，從地下長出的，從四面八方來的，都掉到我的網裏來。」商湯說：「哎喲！獵物全給你一網打盡了，不是暴君夏桀誰能這樣做呢？」

商湯收起網的三面，只設置網的一面，教獵人改變說辭：「從前蜘蛛織網，現在人們也學着織網。禽獸想往左邊去的，就往左邊走；想往右邊去的，就往右邊走；想往高處去的，就往高處走；想往低處的就往低處走。我只捕取那些觸犯天命的。」

漢水以南的國家聽到這個信息說：「商湯的仁德已普施到禽獸了。」有四十個國家歸附了他。

【古文常識】

在古文中，「孰」（一）可作代詞用，表示泛指，指代人、事物等，作主語，可譯為「甚麼」、「誰」、「哪個」，例如《論語・八佾》：「是可忍也，孰不可忍也？」（這樣的事可容忍，甚麼不可容忍呢？）韓愈《師說》：「人非生而知之者，孰能無惑？」（人不是生下就懂得一切的，誰能沒有疑難問題呢？）（二）可做副詞用，加強反問語氣，可譯為「怎麼」、「哪裏」，例如柳宗元《捕蛇者說》：「嗚呼！孰知賦斂之毒，有甚是蛇者乎！」（哪裏知道賦斂的毒害，有超過這毒蛇的呢！）

本篇寓言中有一句商湯對獵人說的話：「非桀其孰為此也？」（不是夏桀，誰能這樣做呢？）「孰」是作代詞「誰」講。

注意文中「其」字的用法，「其」字一般用作代詞，指代人、事、時間，表示第三人稱領屬關係，譯為「他」（它）的；或表示指示，譯為「那」、「這」、「那些」、「這些」。例如柳宗元《捕蛇者說》：「有蔣氏者，專其利三世矣。」（有個姓蔣的，獨享這個好處已經三代了。）但是「其」也可作語氣詞，用在句首表示提挈語氣，不能語譯。例如

《孟子·梁惠王上》:「其如是,孰能禦之?」(照這個樣子,哪個人能抵擋得了它呢?)本篇中有以上兩種用法的句子,如「湯收其三面,置其一面。」(商湯收起網的三面,只設置了一面。)兩個「其」都做代詞用。而「非桀,其孰為此也」的「其」字,在句中是無義的,不必譯。

【活用寓意】

大家都知道「網開一面」的典故,意思是把捕獲禽獸的網打開一面,比喻用寬大的態度處理事務。譬如對待犯錯誤的人,不要過於苛刻。原來這個典故應該是「網開三面」,如本寓言所述則是商湯見到獵人向神靈祝禱,願天上、地下四面八方的禽獸都能落網。商湯說:「這樣做可以說是一網打盡,這種行為太殘暴,是夏桀暴君所為。」他收下網的三面,只打開一面,捕獲觸犯法律的,並不要求捕獲得多。這裏的網是比喻法令,法令寬鬆才能取得民心,所以漢南的諸侯四十國聽到此信息後,認為商湯的恩澤遍及禽獸,人就紛紛歸順。故事體現了儒家遵禮義,稱仁愛的思想,這種處世待人的態度值得我們效法。

【思考與練習】

(1)　在目前的香港社會,你認為法令應該寬鬆還是緊嚴呢?「網開三面」適用於香港嗎?

(2)　說說以下句子中「孰」字的用法:「四體不勤,五穀不分(四肢不勞動,五穀不認識),孰為夫子(老師)?」(《論語·微子》)

（二十）千里買馬首

古之君人①，有以千金②求③千里馬者，三年不能得。

涓人④言於君曰：「請⑤求之。」君遣之，三月得千里馬，馬已死，買其首五百金，反⑥以報⑦君。

君大怒曰：「所求者生馬，安事⑧死馬而捐⑨五百金。」

涓人對曰：「死馬且買之五百金，況生馬乎？天下必以王為能市馬，馬今至矣。」

於是不能期年⑩，千里之馬至者三。

——《戰國策．燕策一》

①君人：人君，即國君。/ ②金：計算貨幣的單位，戰國時期秦以二十兩為一金。/ ③求：尋找，搜尋；獲得。/ ④涓人：古代宮中擔任灑掃的人，

也泛指親近的內侍。/ ⑤請：表示尊敬的副詞，沒有具體意義。/ ⑥反：通「返」。/ ⑦報：奉命辦事完畢，回來答覆。後泛指報告。/ ⑧安事：有甚麼用。/ ⑨捐：放棄，捨棄，句中引申為花費、浪費。/ ⑩期年：一整年。

【譯文】

古代國君，有願意用千兩金子買千里馬的。過了三年，還是沒買到。

有一個近侍對國君說：「請您讓我去買吧。」國君派他去了。過了三個月，得到千里馬，但是馬已經死了，侍臣就用五百金子買回死馬的頭，回來向國君交差。

國君大怒道：「我要買的是活馬，要這死馬有甚麼用。還白白花了五百金。」

侍臣回答道：「死馬尚且可以賣五百金，何況是活馬呢？天下的人一定認為大王是有誠意買馬，現在千里馬就要到了。」

就這樣不到一年，接連有三匹千里馬送到門口。

【古文常識】

在語體文中，句子的順序一般是「主—謂—賓」。古文和語體文不同，語序完全可以顛倒，有以下幾種情況：

（一）謂語前置（或主語後置）：有時為了突出謂語以加強感歎、疑問或反問語氣，謂語可以提到主語前，例如蘇軾《前赤壁賦》「渺渺兮余懷」（我的思念很遠很遠），這句話中的謂語「渺渺兮」倒裝在主語「余懷」之前，以加強語氣。

（二）賓語前置：為了強調賓語，在一定語言條件下，就把它放在動詞（或介詞）的前面，例如《詩經．碩鼠》：「三歲貫汝，莫我肯顧」（輾轉三年餵足你，不顧我的死活），「莫我肯顧」應為「莫肯顧我」，強調賓語「我」。

（三）定語後置：定語（修飾名詞或代詞的句子成分），一般放在中心語前，有時會將定語放在中心詞後面，一般是：「名詞＋定語＋者」，例如《史記 · 廉頗藺相如列傳》：「求人可使報秦者，未得。」（尋找一個能出使秦國回答對方的人，也沒找到。）「可使報秦」是「人」的後置定語。

此則寓言有兩處是倒裝句，一為「古之君人有以千金求千里馬者」，一為「買其首五百金」。前者是定語後置，「有以千金買千里馬」是「君人」的後置定語；後者為主謂倒置，應該是「五百金買其首」。

【活用寓意】

這則故事發生於燕昭王（公元前 311－前 298 在位）當政時，他是燕王噲的兒子。燕王噲三年，即公元前 318 年，齊國乘燕國內亂攻打燕國，燕大敗。昭王即位後，想復興國家，於是謙卑待人，以重金招聘賢士。他去拜見郭隗，郭隗就對他講了花費五百金買馬首的故事，接着說：「現在大王您如果真的想謀士到來，就從我郭隗開始，我郭隗尚且被任用，何況比我能力高強的人呢？難道還會因為遠在千里而不來嗎？」於是昭王為郭隗建造宮室，並以老師禮節侍奉。鄰國聞知，兵法家樂毅從魏國來；哲學家鄒衍從齊國來；著名將領劇辛從趙國來。賢人紛紛奔赴。加上燕昭王能與百姓同甘共苦，執政二十八年，國家致富，並報了以往齊國入侵之仇。

可見這則寓言是透過昭王三年買不到一隻千里馬，而後用五百金買馬首，終於換來不到一年就有人送三隻馬來到門下的故事，說明做一件事必須有誠意，並且要在實際行動中表現出來。

【思考與練習】

（1）　你對於香港政府在招才納賢方面有甚麼看法？

（2）　指出以下句子屬於哪類倒裝句，並譯為語體文：

「人馬燒溺死者甚眾。」（司馬光《資治通鑑 · 赤壁之戰》）

（二十一）車夫論梁山崩

梁山[①]崩，以傳[②]召伯宗[③]，遇大車當[④]道而覆，立而辟[⑤]之，曰：「避傳。」

對曰：「傳為速也，若俟[⑥]吾避，則加遲[⑦]也。不如捷[⑧]而行。」

伯宗喜，問其居，曰：「絳[⑨]人也。」

伯宗曰：「何聞？」

曰：「梁山崩而以傳召伯宗。」

伯宗問曰：「乃[⑩]將若何？」

對曰：「山有朽壤而崩，將若何？夫國主山川[⑪]，故川涸山崩，君為之降服[⑫]，出次[⑬]、乘縵[⑭]、不舉[⑮]，策[⑯]於上帝，國三日哭，以禮焉。雖伯宗亦如是而已，其若之何？」

問之名，不告；請以見，不許。伯宗及絳，以告，而從之。

——《國語・晉語五》

①梁山：在今陝西東部韓城境內，是古代梁國的名山。後來為晉國所有，成為聖山。/ ②傳：傳車，驛站的車馬，傳遞文件用。驛站是傳遞文書人員中途換馬的處所。/ ③伯宗：晉國的大夫（古代官名）。/ ④當：通擋。/ ⑤辟：通避，避開；通假字。/ ⑥俟：等候。/ ⑦遲：慢。/ ⑧捷：捷徑。/ ⑨絳：古代地名，今絳縣，在山西省南部，中條山南麓，春秋時為晉國國都。/ ⑩乃：你。/ ⑪主山川：以山川為主，靠山川建立起來的。/ ⑫降服：把原來穿的華麗的服飾換成素色的服飾。/ ⑬出次：遷出皇宮到郊外居住。次，郊次，住在郊外。/ ⑭乘縵：乘坐沒有文采的車。/ ⑮不舉：不殺牲，不飲宴歌舞作樂。/ ⑯策：簡策，編在一起的竹簡，用以書寫記事。策於上帝，是說在簡策上書寫對上蒼的禱辭。

【譯文】

梁山倒塌崩裂，晉景公用驛車召見大夫伯宗，大夫伯宗在路上遇到一輛大車翻倒了，驛車車夫站起來躲避，說：「（趕快將大車弄好）避開驛車。」

大車車夫回答道：「驛車要求的是迅速，如果等我這輛翻車讓路，那反而慢了。不如你繞道走捷徑。」

伯宗大夫聽了很高興，問他的居處，他說：「是絳都人。」

大夫伯宗就問：「你聽到甚麼信息了呢？」

車夫回答道：「梁山崩塌，國君正用驛車召見大夫伯宗。」

伯宗問：「你看怎麼辦呢？」

車夫回答道：「山上的土壤腐朽，山體才會崩裂倒塌，人又能怎麼辦呢？國家是依靠山河建立起來的，所以一旦河流乾涸，山嶽崩塌，國君就要因此脫下盛裝而着素服，遷移郊外居住，乘坐沒有彩畫裝飾的車子，不殺牲、不飲宴歌舞作樂，在策上為文禱告上天，國人哀告三日，以禮祭拜山川之神，即使是伯宗處理此事，也不過如此而已，還能有甚麼辦法呢？」

伯宗問車夫的姓名，他不肯説；請他一起去見晉景公，他也不答應。伯宗回到絳城，就把車夫的話稟告晉景公，景公全都照辦了。

【古文常識】

在古文中主語的使用相當靈活，因此引起理解上的困難。本則寓言也出現這種情況，第一段中「立而辟之，曰：『避傳。』」其中欠缺主語，反而使外加的主語更具彈性，有人説主語是驛車車夫，有人説是大車車夫。本書用了「驛車車夫」為該句主語。此則寓言寫梁山崩，晉景公以傳車召見大夫伯宗，不巧遇大車翻倒，驛車車夫説一番讓大車讓路的話，接着才是大車車夫説驛車的目的是快速，如果我避開，將會加慢，耽擱行程，不如你繞道走捷徑。這樣主客一問一答，方顯合理。

本寓言中「若何」和「若之何」乃固定句式。「若何」表示疑問，譯為「怎麼辦」。「若之何？」是在「若」與「何」之間加上代詞，其中「之」常常虛化，不必譯為「對他（之）怎麼辦」，可以直譯為「怎麼辦」。從「乃將若何？」以及「其若之何？」二句都可譯為「怎麼辦」，但後者直譯則應該是「他又能對它怎麼辦」。例如《左傳．召公二十七年》：「吾無以酬之，若何？」（我沒有東西酬謝他，怎麼辦？）《左傳．召公五年》：「雖汏侈，若我何？」（即使過份奢侈，能把我怎麼辦？）

【活用寓意】

這篇寓言的主角是那位大車車夫，他是一個不慕名利、有智慧的人物，在處理矛盾衝突和突發災難時，他都有一套解決的方案。當翻車擋住驛車，驛車要求翻車避開時，他能為對方着想使驛車抄捷徑而解決矛盾；當國家面臨山崩災難時，能獻策晉景公與民眾同甘苦，共渡難關；更為難得的是他獻策解難之後，伯宗要引他見晉景公，被他拒絕了。這種不求回報的崇高品質令人欽佩。

【思考與練習】

(1)　當你和他人發生矛盾衝突時，是如何設法解決的？

(2)　在你讀過的古文中找出兩個固定句式。

（二十二）兩小兒辯日

孔子東遊，見兩小兒辯鬥[①]，問其故。

一兒曰：「我以[②]日始出時去[③]人近，而日中時遠也。」

一兒以日初遠而日中時近也。

一兒曰：「日初出大如車蓋[④]，及日中則如盆盂[⑤]，此不為遠者小而近者大乎？」

一兒曰：「日初出滄滄涼涼[⑥]，及日中如探湯[⑦]，此不為近者熱而遠者涼乎？」

孔子不能決[⑧]也。

兩小兒笑曰：「孰為[⑨]汝多知乎！」

——《列子．湯問》

①辯鬥：辯論爭吵，鬥，爭吵。/ ②以：認為。/ ③去：距離。/ ④車蓋：古代車子上像傘一樣的篷子。/ ⑤盆盂：盆和盂。盆，盛東西或洗澡用的器具，口大底小，多為圓形。盂，盛湯漿或飯食的器皿，形狀圓而扁。/ ⑥滄滄涼涼：寒涼，寒冷，形容清涼的感覺。/ ⑦探湯：把手伸到熱水中。湯，熱水。/ ⑧決：判斷，裁定。/ ⑨為：通謂，以為，認為。

【譯文】

孔子到東方遊歷，看到兩個小孩子在辯論爭吵，問他們爭吵的原因。

一個小孩子說：「我以為太陽剛出來的時候距離人近，而太陽運行到中午的時候距離人遠。」

一個小孩兒以為太陽剛出來時距離人遠，而運行到中午時距離人近。

一個小孩子說：「太陽出來時大得像車蓋，而到太陽運行到中午時就像盆和盂，這不是因為遠的顯得小，而近的顯得大嗎？」

一個小孩子說：「太陽剛出來時涼絲絲的，等到運行到中午時就像把手伸進熱水裏，這不是因為近的就覺得熱，而遠的就覺得涼嗎？」

孔子不能判斷兩人誰是誰非。

兩個小孩子笑着說：「誰說你知識豐富呢？」

【古文常識】

「為」在本則寓言中的用法：

（一）作原因介詞：「此不為遠者小而近者大乎？」作「原因」解。

（二）作動詞：「為」作動詞用時，有一種特別用法，即通「謂」（說），這種用法不常有，例子如《戰國策・秦策》：「今為馬多力則有矣，若曰千鈞則不然者，何也？」（現在說馬很有力氣是確實有，但說有千鈞之力就不對，為甚麼呢？）寓言中的「孰為汝多知乎？」（誰說你知道的事情多呢？）句中的「為」作「說」解，與「謂」通。

從「孰為汝多知乎？」可以看出其中有一個固定句式「孰……乎」，是疑問代詞「孰」與疑問語氣詞「乎」，構成表示反問的句式，此種例子可見在王安石的《遊褒禪山記》：「盡吾志也而不能至者，可以無悔矣，其孰能譏之乎？」（盡了自己的主觀努力卻不能到達，那就可以無所悔恨，難道誰還能嘲笑他嗎？）

【活用寓意】

這則故事寫孔子東遊時，途中遇到兩小兒激烈爭辯太陽甚麼時候距離人近，甚麼時候距離人遠的問題。一小兒認為「日出近日中遠」，另一小兒認為「日初遠日中近」，雙方通過對話申述自己的理由，反駁對方的看法：其中一小兒從視覺出發，運用了比喻，把看起來大的初日比作「車蓋」，把小的中日比作「盆盂」；另一小兒從觸覺出發，以「近熱遠涼」為理由，論證了「晨遠午近」的觀點。

雙方都是以生活為基礎從人的直覺出發來解釋屬於科學範圍的自然現象。我們只有具備豐富的自然科學知識才能給兩小兒提出的問題以正確的回答。例如辯論日初、日中太陽的涼熱，乃是在白天，由於地面吸收了太陽輻射的熱，氣溫逐漸升高；日落後地面就逐漸散熱，氣溫隨之而逐漸降低，所以太陽初升時，人們感到涼爽，中午時，人們就感到炎熱。所以當判斷二小兒斷誰是誰非時，「孔子不能決也」，因為他是思想家而不是科學家，二小兒以為孔子「多知」，卻連這生活上的問題也解答不了，並予以嘲笑曰：「孰為汝多知乎？」

故事體現了我國古代人民「多問」的精神，而在孔子的應對上則體現了「知之為知之，不知為不知」的實事求是的態度。

【思考與練習】

(1)　從兩小兒辯日的故事中你學習到甚麼？

(2)　試解釋以下「為」字的用法：「為其老（年紀大），強忍，下（下橋去）取履（鞋）。」（司馬遷《史記．留候世家》）

（二十三）工之僑

工之僑①得良桐②焉，斫③而為琴，弦④而鼓⑤之，金聲而玉應⑥，自以為天下之美也。獻之太常⑦，使國工⑧視之，曰：「弗古。」還之。

工之僑以歸⑨，謀諸⑩漆工，作斷紋⑪焉；又謀諸篆工⑫，作古窾⑬焉；匣⑭而埋諸土，朞年⑮出之，抱以適市。貴人⑯過而見之，易⑰之以百金，獻諸朝。樂官⑱傳視，皆曰：「希世之珍也！」

—— 明．劉基《郁離子．良桐》

①工之僑：虛擬的人名。/ ②桐：梧桐，樹名，木材白色，質輕而堅韌，可製造樂器和各種器具。良桐，上等的桐木。/ ③斫：砍、削。/ ④弦：琴弦、名詞。這裏作動詞用，意為給琴裝上弦。/ ⑤鼓：本來是一種打擊樂器，這裏作動詞用，作演奏或敲擊樂器解。/ ⑥金聲而玉應：比喻聲韻響亮和諧。金，指金屬製成的樂器，如鐘；玉，指玉石製成的樂器，如玉磬。玉磬，一種打擊樂器，以玉石等材料製成，形如曲尺，懸掛在架上。/ ⑦太常：太常寺，掌管朝廷禮樂和祭祀的官署。/ ⑧國工：國中技藝超卓的工匠。/ ⑨以歸：拿回家。/ ⑩諸：之於，古時是「之於」二字的合音。/ ⑪斷紋：斷裂的紋路。宋趙希鵠《洞天清錄．琴辨》：「古琴以斷紋為證，不歷五百年不斷，愈久則斷紋愈多。」/ ⑫篆工：雕刻篆字（古代的一種字體）的工匠。/ ⑬古窾：古代的款識，古代鐘鼎彝上鑄刻的文

字。窾，同款。/ ⑭匣：盛物的器具，大的叫箱，小的叫匣。本是名詞，此處作動詞，裝於匣裏。/ ⑮朞年：一整年。朞，同期。/ ⑯貴人：有錢有地位的人。/ ⑰易：交換，此處指購買。/ ⑱樂官：古代掌管音樂的官員。

【譯文】

工之僑得到一根質地優良的桐木，經過砍削，製成一張琴，配上琴弦演奏，聲音響亮如金鐘，回音清脆似玉磬，十分優美，自己認為是這天下最好的琴了。於是就把它獻給太常，太常請宮中國內技藝最卓越的樂工來鑒定，那位樂工説：「這不是一張古琴。」退還給工之僑。

工之僑帶着琴回家，和油漆工匠商量一番，請他在琴身漆出斷裂的花紋；又跟刻篆字的工匠商量刻上古代的款識，然後把它裝在匣子裏埋入泥土。

一年之後，挖了出來，抱到市場上去。有一位貴人看見這張琴，用一百兩銀子購買，獻給朝廷太常寺，樂官互相傳看，都讚美道：「真是稀世的珍品啊！」

【古文常識】

「諸」在古文中有多種用途：

（一）可作代詞，可指代人，與語體文用法相同，例如《孟子．梁惠王下》：「諸大夫皆曰賢，未可也。」（各位大夫都説賢德，不可輕信）。

（二）可作介詞。介紹動作行為發生出現的處所，例如《禮記．樂記》：「理發諸外而民莫不承順」（理顯現在外，百姓就沒有人不順從）。在本寓言中也有這種用法，例如：「匣而埋諸土」（裝在匣子裏而把它埋在土中）。

（三）諸是代詞「之」和介詞「於」的合音詞，兼有二詞的作用，「之」作前面動詞的賓語，指代前面已出現的事物；「於」同後面的名詞或名詞化短語組成介賓結構，引進動作行為發生、出現的處所，例如《聊齋志異．促織》:「乃賞成名，獻諸撫軍」(便獎賞成名，把蟋蟀獻到巡撫那裏)，「獻之於撫軍」，「之」(蟋蟀)作為動詞「獻」的賓語，「於」與後面的「撫軍」組成介賓結構，作為動作「獻」的對象、去處。本寓言中「謀諸漆工」即「謀之於漆工」，即謀(商量)真琴被誣為「弗古」事「於」漆工。

【活用寓意】

作者劉基(公元1311-1375年)，字伯溫，元末明初著名政治家、文學家，曾輔佐明朝君主朱元璋立國。作品《郁離子》揭露元末社會黑暗，褒貶世俗人情，發人深省。

這則寓言敍述一張琴的前後不同遭遇：本來是一張良木製成、音質優美，自以為是天下最好的琴，但是獻給朝廷樂署及國工鑑定，則被以「弗古」而退還。製琴者工之僑只好將就對方口味設法作古舊雕飾，把它古琴化。一年之後抱到市集去，達官貴人以百金購入，獻至朝廷，傳視之後，被認為「稀世之珍」。

這個故事給予我們以下兩點啟示：(一)美是多樣的，我們應該懂得欣賞多種多樣的美，而不是偏執於某種美，如寓言裏的盲目崇古，以古為好，以古為尊，而拒絕其他真正的美，成了嗜癖，必將扼殺其他美的發展，窒息了人們對各種美的欣賞能力；(二)看事物不要被表面現象所迷惑，而要深入內裏了解其本質。朝廷樂官卻是不問琴的音色，只從表面認為「弗古」而退還之，後來只看其古形而認為乃「稀世之珍」。

作者認為上述現象是十分普遍的，而且危害性極大。講完故事之後，他感歎道:「悲哉，世也！豈獨一琴哉？莫不然矣，而不早圖之，其與亡矣。」(真可悲啊，這世道，這難道只是一把琴的遭遇嗎？世上沒有一件事不是這樣的，如果不及早謀劃，那將和社會一起同歸於盡了。)

【思考與練習】

(1) **你對於認為不義的事物，是抱開放還是排斥的態度，舉例說明。**

(2) **試解釋以下「諸」字的用法：「曹人（曹國人）屍（把晉國士兵的屍體）諸城上」（《左傳．僖公十八年》）**

（二十四）狙公與群狙

楚有養狙[1]以為生者，楚人謂之狙公。旦日[2]，必部分[3]眾狙於庭，使老狙率以之山中，求草木之實，賦什一[4]以自奉[5]。或不給，則加[6]鞭箠[7]焉。群狙皆畏苦之，弗敢違也。

一日，有小狙謂眾狙曰：「山之果，公所樹與？」

曰：「否也，天生也。」

曰：「非公不得而取與？」

曰：「否也，皆得而取也。」

曰：「然則[8]吾何假[9]於彼，而為之役乎？」

言未既[10]，眾狙皆寤[11]。其夕，相與伺[12]狙公之寢，破柵毀柙[13]取其積[14]，相攜而入於林中，不復歸。狙公卒餒而死。

郁離子曰：「世有以術[15]使民而無道揆[16]者，其如狙公乎？惟其昏[17]而未覺也，一旦有開[18]之，其術窮矣。」

—— 明・劉基《郁離子・術使》

①狙：獮猴，猴的一種，以採摘野果、野菜為食物。/ ②旦日：太陽初出時，天亮時。/ ③部分：部署，佈置，安排。/ ④賦什一：徵收十分之一。賦，徵收，本來是指官府徵收的農業税。什一，十一，十分之一。/ ⑤自奉：養活自己。奉，奉養，侍奉供養。/ ⑥加：施加。/ ⑦鞭箠：用鞭子抽打。鞭，鞭子。箠，木杖。句中名詞作動詞鞭打用。/ ⑧然則：那麼。/ ⑨假：通借，憑藉，依賴。/ ⑩既：完了，盡。/ ⑪寤：通悟，覺悟。/ ⑫伺：窺探，偵察。/ ⑬破柵毀柙：搗破柵欄毀壞木籠。柙，關野獸的木籠。/ ⑭積：儲存的果實。/ ⑮術：權術。/ ⑯道揆：道義，制度，用道義衡量事物、制訂法則。/ ⑰昏：糊塗，昏聵。/ ⑱開：開啟，啟發。

【譯文】

楚國有個以養獮猴為生的人，楚人都稱呼他「狙公」，每天清晨，必定在庭院裏給一眾獮猴安排工作，讓老猴率領牠們到山上去採摘草木的果實，並要求這些猴子繳納其中的十分之一奉養自己。有的獮猴不肯繳納，就用鞭子抽打。猴子們都為此感到恐懼和痛苦，不敢違抗牠。

一天，有一隻小猴對眾猴説：「山上的果樹，是狙公所種植的嗎？」

眾猴答道：「不是，是自然生長出來的。」

小猴又問：「除了狙公，其他的人不能採摘嗎？」

答道：「不是的，任何人都可摘取。」

小猴再問：「那麼我們為甚麼要依賴他，而被他奴役呢？」

小猴子的話還沒有説完，眾猴都醒悟過來。

當天晚上，大家商量等狙公睡着了，一起衝破柵欄毀壞木籠，取走狙公儲存的東西，一塊兒跑進樹林裏，不再回來。狙公最後餓死了。

郁離子説：「世上有人利用權術役使百姓而不識揆情度理的人，

難道不是像狙公一樣嗎？正因為百姓糊裏糊塗沒有覺悟，一旦有人開導他們，那些人的權術就無從施展了。」

【古文常識】

寓言中有以下兩個虛詞各有幾種不同的用法：

（一）之：

（1）作代詞用，可以代人、代事、代物，譯為「他」、「他們」、「它」、「它們」。文中「楚人謂之『狙公』」（楚國人稱他為「狙公」），「之」指他，即狙公。

（2）作動詞：可譯為「往」、「到」、「去」，文中「使老狙率以之山中」（讓老猴率領群猴往山中），「之」作「往」、「去」。

（3）作助詞，用在定語和中心詞（名詞）之間，可譯為「的」。文中「求草木之實」（尋找草木的果實）。

（4）用在主語和謂語之間，取消句子的獨立性。文中「其夕，相與伺狙公之寢」，「狙公之寢」中「狙公」是主語，「寢」是謂語，原本是獨立句，中間加「之」字便成為短語，不成句了。

（二）其：

（1）第三人稱代詞，譯為「他」或「他的」，文中「破柵毀柙取其積」（搗破柵欄拿走他儲存的果實），「其」作第三人稱「他」。

（2）指示代詞，可表示近指，也可表示遠指，可譯為「這」、「這個」，「那」、「那個」，文中「其夕，相與伺狙公之寢。」中「其夕」可譯為「這晚」。

（3）作副詞用：用在句首或句中，表示測度、反詰等語氣，可譯為「大概」、「難道」、「還是」等，文中「世有以術使民而無道揆者，其如狙公乎？」（世上有只靠權術役使人民，不講道理和法度的人，難道不是像狙公一樣嗎？）

【活用寓意】

本寓言透過狙公奴役眾猴，到了最後眾猴搗破柵欄毀掉木籠，取走狙公儲存的果實，逃入林中，而狙公由於沒有人再給牠採摘果實，最後餓死了的故事，道出了世上有些當權者使用種種手段，拋棄道義和法則奴役黎民百姓，一旦百姓覺醒過來，當權者就無計可施，徹底垮台了。

可見那些不勞而獲的當權者自以為非常強大、十分智慧；實際上他們十分虛弱，非常愚蠢，而廣大民眾才具有強大的力量，機智勇敢。一切當權者的陰謀詭計只能蒙蔽他們於一時，而遲早會被揭穿並以失敗告終。寓言雖短，但故事敘述有層次，其中步步深入地寫小猴之間寥寥幾句對話，成功地塑造了一個機智猴兒的形象，實屬精彩。

【思考與練習】

(1)　回顧歷史，說說民眾的覺醒對當權者的牽制作用。

(2)　解釋課文中以下句子「之」和「其」的用法：「一旦有開之，其術窮矣。」

(二十五)使狗國者入狗門

晏子使楚,楚人以晏子短,為小門於大門之側而延[①]晏子。晏子不入,曰:「使狗國者,從狗門入,今臣使楚,不當從此門入。」儐者[②]更道,從大門入。

見楚王,王曰:「齊無人耶?使子為使。」

晏子對曰:「齊之臨淄[③]三百閭[④],張袂[⑤]成陰,揮汗成雨;比肩繼踵[⑥]而在,何為無人?」

王曰:「然則何為使之?」

晏子對曰:「齊命使,各有所主[⑦],其賢者使使賢主;不肖[⑧]者使使不肖主,嬰最不肖,故宜使楚矣。」

——《晏子春秋 · 內篇雜下》

①延:邀請、引進。/ ②儐者:迎接賓客的官員。/ ③臨淄:齊國首都,今山東臨淄市。/ ④閭:古代二十五家為閭。三百閭,指人口眾多。/ ⑤袂:袖子。/ ⑥比肩繼踵:肩挨着肩,腳尖接着腳跟。比:並排、並列。踵:腳跟。接踵:腳尖碰着腳跟。形容人多。/ ⑦主:指出使的國家。/ ⑧不肖:不賢,無才無德之人。

【譯文】

晏子出使楚國，楚國因為晏子身材短小，就在大門旁邊開了個小門引進他。晏子不進去，說：「出使狗國的人，才從狗門進去，現在我出使楚國，不應當從這道門進去。」接待賓客的官員才改換方向，引導晏子從大門進去。

晏子朝見楚王，楚王說：「齊國沒有人材了嗎？怎麼派遣你當使臣？」

晏子回答道：「齊國首都臨淄人口眾多，人們張開衣袖就能遮蔽天日；揮一把汗，就像下雨一樣；人們多得肩挨着肩，腳尖接着腳跟，怎麼能說沒有人材呢？」

楚王說：「既然這樣說，為甚麼派遣你當使臣呢？」

晏子回答說：「齊國任命使臣，各有各的出使對象。有才德的人派他出使君主賢明的國家，才德差的派他出使君主不賢的國家，我最欠缺才德，所以最適合出使楚國。」

【古文常識】

在古代漢語裏，常有詞類活用現象，詞類活用是從語法角度，而不是從語彙角度來講。一般而言，一個詞的語法功能是固定的，活用只是一種臨時性的功能。離開了特定的語言環境，這種臨時性的功能就不存在了。如《韓非子．說難》：「宋有富人，天雨牆壞。」（宋國有個富人，天下雨，他家的牆壞了。）此句中的雨本來是名詞，這裏作動詞「下雨」。又《史記．陳涉世家》：「陳勝王。」（陳勝稱王。）「王」本是名詞，這裏作動詞「稱王」。動詞也可以做名詞，如《史記．廉頗藺相如列傳》：「卒相與歡，為刎頸之交。」（最後互相交好，結為割斷脖子（彼此誓死）的好朋友。）「交」本是動詞交往、付託、結交，這裏為名詞「朋友」。本寓言中「使子為使」中，第一個「使」是動詞「派遣」，第二個「使」則活用為名詞「使者」、「使臣」。

【活用寓意】

晏子奉齊王命出使楚國，楚王想透過侮辱晏子來貶低齊國。故事中寫了兩件事，一是藉晏子身材矮小，讓晏子從大門旁邊的小門入；二是諷刺齊國無人材，才派晏子這樣不賢的人為使臣。前一種侮辱，晏子巧妙地以小門等同狗門，入小門即入狗國來反擊。後一種侮辱，晏子以齊王委派使臣依據對方國君的賢或不肖而定，然後自我貶抑，把自己說成是不肖之人，並與楚王的不賢相對稱。

楚王以晏子生理缺陷侮辱晏子，自以為得計，最後卻以自討沒趣結束。這是因為晏子能機智抓住楚王言行中的邏輯謬誤 —— 矮人只能走小門，以及矮人無才，不配為使臣，接着把這種觀點予以引申擴大，達到極致，得出更為荒謬的結論，然後加以否定。

【思考與練習】

（1）　你認為晏子憑甚麼能在宮殿上擊敗楚王？

（2）　試指出以下句子中「使」字的不同意思：其賢者使使賢主。

（二十六）狐假虎威

荊宣王①問群臣曰：「吾聞北方之畏昭奚恤②也，果誠何如③？」群臣莫對。

江一④對曰：「虎求百獸⑤而食之，得狐。狐曰：『子無敢食我也。天地使我長百獸。今子食我，是逆天帝命也。子以我為不信⑥，吾為子先行，子隨吾後，觀百獸之見我而敢不走乎？』虎以為然，故遂與之行。獸見之皆走；虎不知獸畏己而走也，以為畏狐也。今王之地方⑦五千里，帶甲百萬，而專屬之⑧昭奚恤；故北方之畏昭奚恤也，其實畏王之甲兵⑨也，猶⑩百獸之畏虎也。」

——《戰國策．楚策一》

①荊宣王：即戰國時楚宣王（公元前 369 – 前 340 年在位），荊是楚國別稱。/ ②昭奚恤：戰國時楚人，楚宣王的軍事將領。/ ③果誠何如：真相究竟怎樣。/ ④江一：即江乙，魏國人，事楚宣王，善計謀。/ ⑤百獸：群獸。百是虛數，與下文中「帶甲百萬」中的「百萬」一樣，只是形容極多而已。/ ⑥不信：不誠實。/ ⑦方：方圓；周圍，範圍。/ ⑧專屬之：只

歸屬於。之，於。/ ⑨甲兵：鎧甲與兵器，這裏指軍隊。/ ⑩猶：猶如，好像。

【譯文】

楚宣王問群臣說：「我聽說北方諸國害怕昭奚恤，真相實際是怎麼樣？」群臣沒有人回答。

江一回答道：「老虎尋找百獸而吃掉牠們，抓到一隻狐狸。狐狸說：『你不敢吃我，天帝派我來做百獸的首領，現在你要吃我，是違背天帝的旨意，如果你認為我是不誠實的，我為你走在前面，你跟隨我後面，看看百獸見了我敢不逃跑嗎？』老虎認為有道理，所以就跟着狐狸一起走，百獸看見了牠們都逃跑了。老虎不知道百獸是因為怕自己才逃跑的，認為是怕狐狸才逃跑的呢。現在大王的土地方圓五千里，軍隊一百萬，而只歸屬昭奚恤統領，所以北方諸國害怕昭奚恤，其實是害怕大王的軍隊，就好像百獸害怕老虎一樣。」

【古文常識】

固定結構「何如」。

（一）對情況表示疑問，可譯為「怎樣」、「怎麼樣」，例如柳宗元《捕蛇者說》：「更若役，復若賦，則何如？」（更換你的差役，恢復你的賦稅，怎麼樣？）

（二）用於比較選擇句：可譯為「哪如」或「哪能比得上」，例如《世說新語．品藻》：「王孝伯問謝公：『林公何如右軍？』」（王孝伯問謝公：「林公與右軍比起來，誰強一些？」）本篇中的「果誠何如？」對於北方各諸侯國畏懼昭奚恤實際情況到底如何提出疑問。

「何如」與「如何」比較：「如何」表示詢問情狀、辦法或商量可否，可譯為「怎麼辦」。《國語．晉語二》：「將殺孺子，子將如何？」

（將要殺掉你的小兒子！您將怎麼辦？）「如何」可以分拆開來使用。「何如」則不可，例如《論語·顏淵》:「年飢，如之何？」（年成欠收，對這種情況怎麼辦？）「如」後中間隔了「之」字，指代「欠收這種情況」。

古文中的虛數含有誇張的意思，表示很多或很少的數詞叫虛數，表示誇大、極言數目之多的虛數有「三」、「九」、「十二」等，「十」、「百」、「千」、「萬」，也可以表示虛數。例一：《木蘭詩》「將軍百戰死，壯士十年歸」（將軍經過多次戰鬥而犧牲，勇敢的士兵久歷沙場而歸來）；例二：蒲松齡《促織》「百計營謀不得脱」（想方設法也不能脱開）；例三：杜甫《春望》「烽火連三月，家書抵萬金」（戰爭的烽火連續了好幾個月，一封家信抵得上許多金錢），句中的十、千、百、萬都表示數量極多。此則寓言中的「虎求百獸而食之」和「帶甲百萬」中的「百獸」和「百萬」均是虛數，表示「多」。

【活用寓意】

此則寓言源自戰國時期楚宣王問謀臣江一，為甚麼北方諸侯那麼怕統帥昭奚恤，江一用「狐假虎威」這個故事為喻，説明北方諸侯國怕的不是昭奚恤而是怕楚宣王擁有的百萬甲兵。由此可見我們看待事物必須透過表面看本質，因為不少事物往往是複雜的，常常被現象所蔭蔽，我們要懂得去偽存真，由表及裏，剝開外表，層層深入，以便把事物的本質揭示出來。

結合現實，此寓言可以使我們認識某些戴着假面具迷惑人者的真實面目，這些人有「狐假虎威」的，有「拿着雞毛當令箭」的，有扮紙老虎嚇唬人的，不一而足。我們都要時刻警惕，以免上當。

【思考與練習】

(1) 在生活中你可曾遇上或聽説「狐假虎威」式的人或事？具體敍述之。

(2) 試指出以下句子中的數目字，哪一個是虛數，並略加説明：「八千里路雲和月」(岳飛《滿江紅》)

（二十七）越人溺鼠

鼠好夜竊粟①，越人②置粟於③盎④，恣⑤鼠嚙⑥不顧。鼠呼群類入焉，必飫⑦而後反⑧。

越人乃易粟，以水浮糠⑨覆水上，而鼠不知也，逮⑩夜復呼群次第⑪入，咸溺死。

——明 · 宋濂《燕書》

①粟：小米。/ ②越人：越地的人。/ ③置……於：把……放到。/ ④盎：古代一種口小肚大的盛物容器。/ ⑤恣：放任、聽任。/ ⑥嚙：咬。/ ⑦飫：飽食。/ ⑧反：通「返」，通假字。/ ⑨浮糠：飄浮的糠，糠是穀物脫下的皮。/ ⑩逮：等到。/ ⑪次第：一個接着一個順序進行。

【譯文】

老鼠喜歡偷食小米，越人把小米放到罈裏聽任老鼠嚼食而不管，老鼠又招來一群同類總要到盆裏飽食一餐才返回。

越人便將盆裏的小米換成水，把糠撒上浮蓋水面，老鼠並沒有發覺。等到夜裏，老鼠又招呼群鼠一個跟着一個地跳進罈裏，全都淹死了。

【文言常識】

介詞用在名詞、代詞或名詞性短語前面，合起來一同表示動作行為的方向、處所、時間、憑藉、比較、對象或目的被動的詞，例如於、以、從、朝、在、當、為等。再談介詞結構前置，介詞與它的賓語（或稱介詞短語）可以放在動詞謂語前面作狀語（修飾動詞和形容詞的句子成分或短語），例如「以劍輕削」，「以劍」就是「輕削」的狀語，用以修飾「輕削」的。在古文中則可寫成「輕削以劍」，使介詞結構倒置，此處介詞「以」帶上賓語「劍」，組成介詞結構。在謂語動詞「削」之後作補語。在本寓言中「越人乃易粟以水」，其中「易粟以水」乃是「以水易粟」的倒置。

除了「以」外，還有「於」字常作介賓結構倒置，例如《馮婉貞》：「築石寨土堡於要隘」（在險要地方修築石寨土堡），乃是「於要隘築石寨土堡」之倒置，本寓言中「置粟於盎」亦屬介賓倒置。

【活用寓意】

這則寓言給人們以下啟示：

（一）「欲將取之，必先與之」，意思是在軍事鬥爭、政治鬥爭中要想從對方手上取得好處，首先必須先給對方好處，迷惑對方，尋求製造對方錯覺的鬥爭策略，以達到自己的目的。三十六計中的「欲擒故縱」即屬此類。

（二）事物在不斷地變化，我們每做一件事都應該從變化着眼，如履薄冰地針對新情況走下一步，否則就會像老鼠一樣，以敗亡收場。

【思考與練習】

(1)　從歷史或現實鬥爭中找出一個「欲擒故縱」的事例。

(2)　在以下句子中找出含有「介賓結構前置」的成分，並分析說明：「策之（鞭打牠）不以其道（按照牠的原則、方法）」。(韓愈《馬說》)

（二十八）橘生淮北則為枳

晏子至，楚王賜晏子酒。酒酣。吏二縛一人詣王[①]。

王曰：「縛者曷[②]為者也？」

對曰：「齊人也，坐盜[③]。」

王視晏子曰：「齊人固[④]善盜乎？」

晏子避席[⑤]對曰：「嬰聞之，橘生淮[⑥]南則為橘，生於淮北則為枳[⑦]，葉徒[⑧]相似，其實[⑨]味不同。所以然者何？水土異也。今民生長於齊不盜，入楚則盜，得無楚之水土使民善盜乎？」

王笑曰：「聖人非與熙[⑩]也，寡人反取病[⑪]焉。」

——《晏子春秋．內篇雜下》

①詣王：到楚王面前。詣，往、到。/ ②曷：同何。/ ③坐盜：犯盜竊罪。坐，犯罪。/ ④固：本來。/ ⑤避席：古人席地而坐，離座起立，表示鄭重、尊重，叫做避席。/ ⑥淮：淮水，即今淮河，流經安徽江蘇等地。/ ⑦枳：樹木名，也叫枸橘，與橘不是一個品種。/ ⑧徒：僅僅是。/ ⑨其實：它的果實、果子。與語體文中的「其實」（表示下文所說是實際情況）意思不同。/ ⑩熙：通嬉，戲弄。/ ⑪取病：自討沒趣。病，辱，羞辱。

【譯文】

晏子到達楚國，楚王為晏子設宴賜酒，酒興正濃。有兩個差吏綑綁着一個人走到楚王面前。

楚王問道：「被綑綁的這個人是幹甚麼的呢？」

差吏回答道：「他是齊國人，犯了偷盜罪。」

楚王眼睛盯着晏子，問道：「齊國人本來就擅長偷盜嗎？」

晏子離開座位回答道：「我聽説，橘生長在淮河以南就結出橘子，生長在淮河以北就結出枳子，二者只是葉子相似，它們果實的味道卻不相同。為甚麼會這樣呢？是水土不一樣的緣故啊。如今老百姓生活在齊國不偷盜，可是到了楚國卻偷盜。莫非楚國的水土使老百姓擅長偷盜吧？」

楚王尷尬地笑着説：「對聖人是不可以開玩笑的，我反而自討沒趣了。」

【古文常識】

古文中有些不同詞性的詞，因經常連用或互相配合使用而產生一種新的意義，已經成為一種習慣句式，這種尚未成句的固定單位叫習慣句式（也稱固定結構），例如「不亦……乎」即「不是……嗎？」。這是古文中常用的表示反問的慣用句型，它是用反問形成表達肯定的內容。又例如「何……為」，《史記．項羽本紀》：「天之亡我，我何渡為？」（上天讓我滅亡，我為甚麼要渡江呢？）「何……為」語體文譯「為甚麼呢？」，這種習慣句型還有「何……之有」、「何以……為」、「無乃……乎」。寓言中的「得無……乎」亦屬此類，它在晏子避席對楚王説了一番反侮辱的話的末句：「得無楚之水土使民善盜乎？」（莫不是楚國的水土使百姓變得善於偷盜嗎？）句子表示反問語氣，這在范仲淹的《岳陽樓記》中也出現過：「覽物之情，得無異乎？」（他們觀賞景物的心情，難道沒有差別嗎？）

【活用寓意】

故事整個過程是晏子將代表齊國出使楚國，楚王聽到之後，和近臣商量怎樣侮辱他和齊國，他們事先做了充分準備，使晏子落入圈套，無法施展其辯才。於是編造了一個齊國盜竊犯，在召見晏子時讓他在殿堂上出現，並以偏概全說可見齊國人都是盜賊；晏子則以橘子過了淮河到了楚國結成枳子為喻，說明環境會影響人的品格。人在齊國本是好人，一到楚國則成為壞人 —— 盜賊，可見楚國這塊土地是產生盜賊的溫牀。使得楚王不得不甘拜下風而說出「和聖人開玩笑是自討沒趣」的話。晏子不但捍衛了自己的尊嚴，也捍衛了國家的尊嚴。

【思考與練習】

(1)　除了機智，晏子還有哪些值得學習的地方？

(2)　在你學習的古文中找出一個慣用句式。

（二十九）黠鼠

蘇子[1]夜坐，有鼠方[2]囓[3]。拊[4]牀而止之，既止復作。使童子[5]燭[6]之，有橐[7]中空，嘐嘐聱聱[8]，聲在橐中。

曰：「噫！此鼠之見閉[9]而不得去者也。」發而視之，寂無所有，舉燭而索，中有死鼠。

童子驚曰：「是方囓也，而遽[10]死耶？向為何聲，豈其鬼耶？」覆而出之，墮地乃走，雖有敏者，莫措其手。

蘇子嘆曰：「異哉！是鼠之黠也。」

—— 宋．蘇軾《黠鼠賦》

①蘇子：蘇軾自稱。本來「子」是尊稱對方，又，亦作對男子的美稱，如孔子、孟子。/ ②方：正在。/ ③囓：咬（多指鼠、兔等）。/ ④拊：拍打，輕擊。/ ⑤童子：童僕，未成年的僕人。/ ⑥燭：蠟燭，這裏作動詞用，拿蠟燭照。/ ⑦橐：口袋的一種。/ ⑧嘐嘐聱聱：象聲詞，形容動物的叫聲，這裏指鼠叫或咬東西的聲音。/ ⑨見閉：被關閉。見，被。/ ⑩遽：急速，可解為突然。

【譯文】

蘇軾夜間閒坐，有一隻老鼠正在咬東西，他拍打牀板制止牠，停止了又再咬起來。就讓童僕拿蠟燭照照，發現有一個空口袋，嘐嘐聱聱咬東西的聲音從袋中傳出。

蘇軾說：「嗨！這隻老鼠是被關死在口袋裏不得逃跑的啊！」打開口袋一看，裏面一點聲音都沒有，拿起蠟燭照亮尋找，裏面有一隻死老鼠。

童僕驚訝道：「牠剛才還在咬東西，怎麼這麼快就死掉了呢？此前傳出的是甚麼聲音呢？難道是鬧鬼嗎？」翻過口袋把老鼠倒出來，牠一落地就逃跑了，即使再敏捷的人也措手不及。

蘇軾歎了一口氣說：「奇怪啊，這隻老鼠如此狡猾。」

【古文常識】

被動句是表示被動意義的句子，其主語是動作行為的承受者，而不是動作的發出者。古文表示被動的方式有兩種：有形式標誌的被動句和無形式標誌的被動句。

有形式標誌的被動句，指藉助於某些詞來表示被動的被動詞。這些詞主要有「於」、「見」、「為」、「受」、「被」等。

這裏只談與本篇有關的「見」字。「見」字是助動詞（助動詞是動詞的一種，表示可能，應該、必須、願望等意思的動詞，多用在動詞或形容詞前面），表被動意義，它與動詞之間不能出現主動者，例如《孟子·盡心下》：「盆成括見殺，門人問曰：『夫子何以知其將見殺？』」（盆成括被殺，學生問道：「老師您怎麼知道他將被殺？」）本篇中「此鼠之見閉而不得去者也」的「見」字就是被的意思，「見閉」，即「被關閉」。

有一種「見」和「於」相連的被動句式，其形式為「……見……於……」，這種被動句是在動詞前面加「見」字表示被動，同時在動詞後面加「於」字引入動作行為的主動者。例如《戰國策 · 秦策一》：「蔡澤見逐於趙」(蔡澤被趙國驅逐)。句中主語「蔡澤」是被動者，在動詞「逐」之前加「見」字表示被動關係，可譯作「被」；在動詞「逐」之後用介詞「於」字，引入動作行為的主動者「趙」。

【活用寓意】

蘇軾不是以憎厭而是以讚歎的筆觸，來描述老鼠身陷困境逃生的狡猾行為。在寫完這段故事之後，蘇軾讚歎老鼠被關在口袋裏，袋子堅固咬不破，無可奈何之際，牠用咬物聲招引人來；接着又用裝死來蒙騙人，藉人翻口袋掉落地上迅速逃逸；動作的敏捷，使人措手不及。牠的智慧超人，人可以馴服許多猛獸神獸，可以役使萬物並主宰萬物，結果反而被老鼠利用，墜入牠的計謀之中，人的智慧何在？事後作者思索其原因：老鼠之所以能使他中計而逃走，是由於他自己不夠專心致志又麻木大意。

【思考與練習】

(1)　說說一個有關動物智慧的故事。

(2)　在你讀過的古文中找出一個被動句，最好用「見」字，其他例子亦可以。

（三十）驚弓之鳥

更羸[①]與魏王處京台[②]之下，仰見飛鳥。更羸謂魏王曰：「臣為王引弓虛發[③]而下鳥[④]。」

魏王曰：「然則射可至此乎？」

更羸曰：「可。」

有間，雁從東方來，更羸以虛發而下之。

魏王曰：「然則射可至此乎？」

更羸曰：「此孽[⑤]也。」

王曰：「先生何以知之？」

對曰：「其飛徐而鳴悲。飛徐者，故瘡痛也[⑥]；鳴悲者，久失群也。故瘡未息，而驚心未至也。聞弦音，引而高飛，故瘡隕[⑦]也。」

——《戰國策・楚策四》

①更羸：人名，生平不詳，傳說是善射的人。/ ②京台：台名。/ ③引弓虛發：拉開弓而不把箭發射出去。虛發，假發射。/ ④下鳥：打下鳥來，下本是名詞，指下面，此處作動詞打下。/ ⑤孽：同蘖，樹木砍伐後復生的幼芽，引申為傷口尚未復元，比喻受傷的大雁。/ ⑥故瘡痛也：舊傷口復發而墜落。故，舊。瘡，本為皮膚病名，此處指傷口。⑦隕：墜落。

【譯文】

一天，臣子更羸與魏王坐在京台下面，仰望天空有隻飛鳥，更羸對魏王説：「讓我為您拉開弓而不放箭，把飛鳥打下來吧。」

魏王説：「既然如此，那麼，您的射箭技藝真能達到這種地步嗎？」

更羸回答道：「可以。」

過了一會兒，一隻大雁從東方飛來，更羸果然用虛發的箭把大雁打下來。

魏王問道：「既然如此，你的射箭技術怎麼會達到這一地步？」

更羸答道：「這是一隻受過傷尚未復元的雁啊。」

魏王問：「先生您是怎麼知道的呢？」

更羸答道：「這隻大雁飛得緩慢，鳴聲哀傷。飛行緩慢是因為身上有舊傷，鳴聲悲哀是由於離開雁群太久了。正因為牠舊傷未癒，驚惶之心尚未消失，所以一聽到弓弦響起，就急忙奮力振翅高飛，造成傷口破裂疼痛難忍而掉下來。」

【古文常識】

複音虛詞「然則」是連詞性結構，表示承上的順接關係，相當於「既然如此，那麼……」或「這樣看來……那麼」，范仲淹《岳陽樓記》:「是進亦憂，退亦憂，然則何時而樂耶？」(這樣看來，做官時也憂愁，退隱後亦憂愁，那麼你甚麼時候才快樂呢？)「那麼」之前省略了「既然如此」，本文中的「然則」用法也與此相同。

有一點要記住，「然則」和同樣作為連詞的「則」的不同，「則」是連接介詞，表示連帶關係，可譯為「就」、「那麼就」，例如《孫子兵法．謀攻》:「故用兵之法，十則圍之。」(所以用兵的方法，有十倍於敵人的兵力，就包圍它。) 在本寓言中「更羸謂魏王曰：『臣為王引弓虛發而下鳥。』魏王曰：『然則射可至此乎？』」在聽了更羸能夠引弓虛發而下鳥，魏王驚異不可思議之後，說出「既然這樣，那麼你的射箭技術怎麼會達到這一地步呢？」

【活用寓意】

戰國時期，六個諸侯國（齊、楚、燕、韓、趙、魏）合縱抗秦，趙國派遣使者魏加去見楚相春申君黃歇（？－公元前 238 年），魏加問道：「你有率軍的將領了嗎？」黃歇答：「有了，我將派臨武君龐煖為統帥。」魏加說：「我年少之時喜歡射箭，我想用射箭作比喻。」於是他就講了這則驚弓之鳥的故事。最後說：「臨武君曾經被秦軍打敗過，餘悸猶存，不能擔任抗秦的統帥。」

魏加用驚弓之鳥比喻臨武君。現在我們用此比喻因受驚或受打擊，遇到小小動靜就心驚膽戰的人。

【思考與練習】

(1)　在學習和生活中，你可曾見過「驚弓之鳥」的人物？

(2)　指出以下兩句中，哪一句用「則」？哪句用「然則」來連接？

(a) 欲印（要印刷時），【　　　】以鐵範（鐵框）置鐵板上。（沈括《夢溪筆談．技藝．活板》）

(b) 起視四境（第二天起來一看），而秦兵又至矣，【　　　】諸侯之地有限，暴秦之欲無厭，奉之彌繁（奉送的土地越多），侵之愈急（對六國的侵逼越急）。（蘇洵《六國論》）

第四章 哲理光輝篇

(三十一)大木與雁

莊子行於山中,見大木,枝葉盛茂。伐木者止其旁而不取也。問其故。曰:「無所可用[①]。」莊子曰:「此木以不材得終其天年[②]。」

出於山,舍於故人之家。故人喜,命豎子[③]殺雁[④]而烹[⑤]之。豎子請曰:「其一能鳴,其一不能鳴,請奚殺[⑥]?」主人曰:「殺不能鳴者。」

明日,弟子問於莊子曰:「昨日山中之木,以不材得終其天年;今主人之雁,以不材死。先生將何處[⑦]?」

莊子笑曰:「周[⑧]將處夫材與不材之間,材與不材之間,似之而非也,故未免乎累[⑨]。」

——《莊子・山木》

①無所可用：沒有甚麼可用之處。可能是指莊子在《人間世》中所說的被封為社神的櫟社樹，它的樹蔭可遮蔽幾千米，樹幹有百餘尺粗，樹高達山頂有好幾丈高，才能生出枝杈，但此樹徒有虛表，其木質鬆散無用，「以為舟則沉；以為棺槨（棺材）則速腐；以為器（器具）則速毀；以為門戶則液樠（脂液外滲）；以為柱則蠹（生蟲子），是不材之木也。」/ ②天年：自然的壽命。/ ③豎子：童僕。/ ④雁：鳥，外形略像鵝，頸和翼較長，足和尾較短，羽毛淡紫褐色，善於游泳和飛行。/ ⑤烹：烹調，燒、煮，或煎炸食物。/ ⑥奚殺：殺甚麼。奚，何，甚麼。/ ⑦處：居。「何處」亦作「何以處」，意為如何處置選擇。/ ⑧周：莊周，莊子的名字。/ ⑨累：憂患，災禍。

【譯文】

莊子在山中行走，看見一棵大樹，長得枝繁葉密，幾個伐木工人站在大樹旁邊而不去砍伐它。莊子問他為甚麼不去砍那棵樹，伐木的人回答道：「這棵樹沒有甚麼用處。」莊子說：「這棵樹因為不成材而得以終了它的天年。」

莊子從山裏出來，住宿在老朋友家中，老朋友很高興，就讓童僕殺隻雁燒了宴請他們，童僕問主人道：「一隻雁能鳴，一隻雁不能鳴，請問殺哪一隻？」主人說：「殺不能鳴的。」

第二天，學生問莊子：「昨天山中的大樹不成材而能終它的天年，今天主人家的大雁因不成材而被殺死，請問先生您是處在甚麼位置上？」

莊子笑着說：「我將處於材與不材之間。材與不材之間，似乎是合適的位置，其實不是，所以也不能免於禍患。」

【古文常識】

及物動詞和不及物動詞：有些動詞所表示的動作行為能支配、影響一個或兩個對象，此動詞為及物動詞，如「打」、「愛」等，它後面帶賓語。有些動詞的動作行為不需帶有支配影響的對象，此動詞為不及物動詞，如「悲」、「喜」等，它省了賓語。如果不及物動詞轉化為及物動詞，例如《呂氏春秋 · 別類》:「我能起死人。」(我能使死人復活。)「起」是不及物動詞，不帶賓語，但在這個語言環境中，「起」後帶有賓語「死人」，臨時用作及物動詞。

本寓言中的「此以不材得終其天年矣」(這是因為不成材才得以終了它的天年了)，「終」是不及物動詞「終了」、「結束」的意思，例如白居易《琵琶行》:「曲終收撥當心畫，四絃一聲如裂帛」(曲子終了，用撥子對着琵琶的中心划一划，四根弦發出裂帛般尖鋭爆裂聲)，句中的「終」字就是如此，不帶賓語，寓言中的「終」字則帶有賓語「自然的壽命」，而成了及物動詞，具有了使動意義。

【活用寓意】

這則寓言故事敘述的是寫樹木以不材得終其天年，而大雁卻以不材死，其主旨是在寓言末尾:「周將處夫材與不材之間」，材與不材都有危險，特別是有材者不可顯露。而且人們所身處的處境、社會隨年月瞬息萬變，有材與無材亦不斷互相轉化，有材可能轉化為不材，不材又可能轉化為有材，難以預測。所以我們不應該偏向一方，而要處於「材與不材之間，似之而非也」的位置。游離於二者之間，讓人家抓不住把柄！否則事情發展超過極限，難免遭遇禍患。

這就是莊子的處世哲學，有人認為這種處世哲學不夠進取，甘居中游，沒有出息，其實他所説的也有一定的道理。我們處世不愛弘揚顯現，而愛隱蔽不露，這和進取與否是不矛盾的。關於隱蔽，含蓄而不露，莊子認為不論大人物小人物，也不論有材或不材，都要遵守，他承襲了《老子》第二十二章：「不自見，故明；不自是，故彰；不自伐，故有功；不自矜，故喜。」(不自我表現，所以才能聲名顯揚；不自以為是，所以才能廣為傳開；不自我誇耀，所以才能有功勞；不驕傲自滿，所以才能長進。)

【思考與練習】

(1) 你認為一個人的才能應該表現出來讓人知道，還是隱蔽起來等人家發掘？

(2) 在讀過的古文中找一個不及物動詞活用作動詞的句子，並對該不及物動詞如何活用加以説明。例：柳宗元《捕蛇者説》：「君將哀而生之乎？」(您是可憐我要讓我生存下去嗎？) 中，「生」(生存) 是不及物動詞活用為及物動詞「使之生存」。

（三十二）牛缺遇盜

牛缺[①]居上地[②]，大儒也。下之邯鄲[③]，遇盜於耦沙[④]之中。盜求其橐[⑤]中之載[⑥]，則與之；求其車馬，則與之；求其衣服[⑦]，則與之。

牛缺出[⑧]而去，盜相謂曰：「此天下之顯人[⑨]也，今辱之如此，此必愬[⑩]我於萬乘之主[⑪]。萬乘之主必以國誅我，我必不生，不若相與追而殺之。」於是相與趨[⑫]之，行三十里，及[⑬]而殺之，此以知故也。

——《呂氏春秋．必己》

①牛缺：人名，戰國時秦人。/ ②上地：地名，約在陝西綏德境內。/ ③下之邯鄲：向下方走去邯鄲。邯鄲，戰國時趙國首都，今河北邯鄲。「下」指高處往低處走，秦地高，邯鄲低，所以說「下」。/ ④耦沙：即耦水，又稱沙河，源出太行山，在今河北省境內。/ ⑤橐：一種口袋。/ ⑥載：裝（的財物）。/ ⑦衣服：泛指衣着飾物。/ ⑧出：步行。/ ⑨顯人：顯要的人，顯貴人士。/ ⑩愬：訴的異體字，告訴，此句意為告發。/ ⑪萬乘之主：戰國時期諸侯國，小者千乘，大者萬乘。千乘、萬乘，都是指出車輛數目之多，古以一車四馬為一乘。/ ⑫趨：跑、疾走。/ ⑬及：趕上。

【譯文】

牛缺居住在上地，是個著名的儒生。他到下方的邯鄲去，在耦沙遇上強盜，強盜要他口袋裏的財物，他就給了他們；要他的車輛和馬匹，他也給了他們；要他的衣服，他仍然給了他們。

牛缺步行離開了以後，強盜們互相商量道：「這是天下顯要的人物，現在受到這樣的侮辱，他一定會把這件事告訴大國君主。大國君主一定要用全國的力量來誅殺我們，我們一定活不成了。不如一起追趕他，把他殺了，消除罪跡。」於是就一起追上去，追了三十里，趕上去把他殺了。這是因為強盜知道牛缺是顯要的人物的緣故。

【古文常識】

作為介詞，「以」有三種用法：（一）時地介詞，可譯為「在」，如《史記．孟嘗君列傳》：「文以五月五日生」（田文在五月五日出生）；（二）原因介詞：可譯為「因為」，例如柳宗元《捕蛇者説》：「而吾以捕蛇獨存」（我卻因為捕蛇而獨自生存下來）；（三）憑藉介詞：譯為「拿」、「用」、「憑」、「靠」等，例如蒲松齡《狼》：「屠暴起，以刀劈狼首」（屠夫突然跳起來，拿刀砍狼的頭）。

此則寓言的「以」字屬於第一、三種用法。其中「萬乘之主必以國誅我」（大國的君主一定用全國的力量來誅殺我），是第三種用法，是運用、使用的意思，為憑藉介詞。另一句「及而殺之，此以知故也」（趕上去把他殺了，這是因為強盜知道牛缺是顯要人物的緣故），是第二種用法，原因介詞，做「因為」解。

【活用寓意】

這則寓言選自《呂氏春秋．必己》，其中寫了幾個寓言故事，主旨為「外物不可必」、「君子必在己者」，前者是説外界事物沒有定則，千變萬化，同一行為和事物，在不同的外部條件下會產生不同的結果，是不以人的意志為轉移的；後者是說要堅持操守和依賴自身修養，不受外物役使而役使外物，這樣才能無所不通。

著名儒者牛缺在旅途遇上強盜，強盜要搶他的財物、車馬和衣服，他都一一奉上，但他走後，強盜認為他是顯要人物，一定會向君主告發，所以追上把他殺了，以滅罪跡。這個故事印證了《必己》中所述作者的觀點：外在事物千變萬化，非主觀所能解釋。牛缺的死，是與其顯貴的身份有關，要是一個普通老百姓，命運可能大大不同；也印證了《呂氏春秋·必己》中的另一個故事：「良材被砍伐，因為有用；劣材反得生存，因為無用」申述的道理。

【思考與練習】

(1) 外在事物變化多端，人的主觀應如何對待？

(2) 試說明以下句子中「以」字的用法：「君子不以言舉人（推舉人），不以人廢言（否定人的話語）。」（《論語·衛靈公》）

（三十三）不如相忘於江湖

死生，命也；其有夜旦[①]之常[②]，天也。人之有所不得與[③]，皆物之情也。彼特[④]以天為父，而身猶愛之，而況其卓[⑤]乎！人特以有君為愈[⑥]乎已，而身猶死之，而況其真[⑦]乎！

泉涸，魚相與處於陸，相呴[⑧]以溼，相濡[⑨]以沫[⑩]，不如相忘於江湖。與其譽堯[⑪]而非桀[⑫]也，不如兩忘而化其道。

夫大塊[⑬]載[⑭]我以形，勞我以生，佚[⑮]我以老，息我以死。故善吾生者，乃所以善吾死也。

——《莊子．大宗師》

①旦：白晝。/ ②常：永恆的，固定不變的。/ ③與：參與，干預。/ ④特：僅僅，只是。/ ⑤卓：卓絕。指「道」，道是生於天地宇宙萬物的本源本體。/ ⑥愈：超越，高過。/ ⑦真：真實，指「道」。/ ⑧呴：張口吐氣。/ ⑨濡：霑濕，滋潤。/ ⑩沫：唾沫，口水。/ ⑪堯：古代傳說中的聖明君主。/ ⑫桀：夏朝（公元前二十 － 公元前十六世紀）末的暴君。/ ⑬大塊：原指大地，此處指大自然。/ ⑭載：寄託。/ ⑮佚：安逸、舒適，同逸。

【譯文】

死與生，是命中注定的；就像黑夜與白晝互相交替，恆常不變，是自然的規律，人對這些現象是無法干預的，正是萬物的實際情況。人們只把上天看作是生命之父，而以全身心愛戴他，更何況卓絕超越上天的「道」呢？人們只是認為君主超越自己，而捨身效忠於他，更何況對那真真實實主宰着宇宙萬物的「道」呢？

泉水乾涸了，魚兒一起困在陸地上，牠們用吹氣互相潤濕，用唾沫互相浸濡，倒不如在江湖裏彼此忘卻。與其稱頌堯而非議桀，倒不如兩者都忘掉而把他們一起融合於「道」中。

天地用形體讓我有所寄託，用生活讓我勞累，用老年讓我安逸，用死亡讓我休息，所以那能妥善安排我的生存的，也必然能妥善安排我的死亡。

【古文常識】

詞類活用，主要是指名詞、動詞、形容詞以及少數的數量詞、代詞，在特定的語言環境中，臨時改變原來詞性而具備某種新的語法功能和新的意義的一種運用方式，例如《韓非子．説難》：「宋有富人，天雨牆壞」（宋國有個富人，天下雨，他家的牆壞了），「雨」是名詞活用為動詞「下雨」。

此則寓言有多個詞使用了詞類活用，主要的有名詞活用為動詞，以及形容詞活用為動詞，例如「譽堯而非桀也」（稱頌唐堯而批判夏桀），「譽」本是名詞「榮譽」，活用為動詞「稱頌」；「非」本是形容詞「錯誤」，活用為動詞「非議」、「批評」、「批判」。此外還有「勞我以生，佚我以老，息我以死。故善吾身者，乃所以善吾死也」中的「勞」、「佚」、「善」都是詞類活用。

【活用寓意】

從此則寓言中莊子的主張是：人無法掌握生死命運，能掌握自己生死命運的不是天地，而是道，道是宇宙萬物的來源、本質、基礎。人最高的精神境界應該是忘掉人間的一切是非，融化於「道」，領悟「道」的真諦。因此魚兒困於陸地互相救助，還不如自由自在地泅游於浩淼的江湖。「泉涸，魚相與處於陸，相呴以濕，相濡以沫，不如相忘於江湖」是比喻在無道亂世，兵荒馬亂，會激發人們友愛義氣；在有道的太平盛世生活幸福，人們反而相互忘卻、情斷義絕，這是寓言的本意。

但膾炙人口的卻是魚處於困境，卻能「相呴以濕，相濡以沫」，表達在困境中以微小的力量互相援助的溫情。歷代文人如杜甫、蘇軾、元好問、曾國藩、梁啟超、魯迅都曾用此典故入詩，可見其影響的深遠。

【思考與練習】

(1)　敘述一個「相濡以沫」的小故事。

(2)　說說寓言中的「勞」、「佚」、「善」幾個詞詞類活用的情況。

（三十四）知魚之樂

莊子①與惠子②遊於濠③梁④之上。

莊子曰：「儵魚⑤出游從容，是魚之樂也。」

惠子曰：「子非魚，安知⑥魚之樂？」

莊子曰：「子非我，安知我不知魚之樂？」

惠子曰：「我非子，固不知魚之樂矣；子不知魚之樂，全矣⑦。」

莊子曰：「請循其本⑧。子曰『汝不知魚樂』云者，既已知吾知之，而問我；我知之濠上也。」

——《莊子．秋水》

①莊子（公元前 369－前 280 年），名周，戰國時期著名思想家、文學家，宋蒙城（今河南商丘東北）人。他是道家學派的代表人物。/ ②惠子：名施，曾為梁惠王國相，擅長辯論。/ ③濠：水名，在今安徽鳳陽北。/ ④梁：形狀像橋的捕魚小堤；擋水的低堤壩。/ ⑤儵魚：俗稱白條魚，身窄小而有條紋。/ ⑥安知：怎麼知道。安，怎麼。/ ⑦全矣：完全是事實。/ ⑧循其本：追溯（向上推求）它的本源（開頭）。循，也有「順」的意思，所以譯為「順着原先的話」。

【譯文】

莊子和惠子在濠水的橋上遊玩。

莊子説：「白鯈魚在水中，從容自得的游來游去，這是魚的快樂啊！」

惠子説：「你不是魚，怎麼知道魚快樂呢？」

莊子説：「你不是我，怎麼知道我不知道魚快樂呢？」

惠子説：「我不是你，確實不知道你的感受；你確實不是魚，你也不知道魚快樂，這是完全可以肯定的。」

莊子説：「讓我們順着先前的話來説，你問我『怎麼知道魚快樂』，可見你已經知道我知道魚兒的快樂（才問的），我是在濠水的橋上（看到魚兒悠閒自在地游着）知道的。」

【古文常識】

「固」是副詞，在句中作狀語（修飾形容詞或動詞），其用法：

（一）表示進行某種動作行為時態度堅定，可譯為「堅決」，例如《史記·廉頗藺相如列傳》：「藺相如固止之」（藺相如堅決地制止他們）；

（二）表示對動作行為或情況的強調，可譯為「確實」、「當然」，例如崔銑《記王忠肅公翱事》：「公固知其不貪也」（您確實知道我並不貪財）；

（三）表示後一動作行為同前一動作行為相反或對立：例如，《莊子·庚桑楚》：「越雞不能伏鵠卵，魯雞固能矣」（越雞不能孵化天鵝卵，魯雞卻能孵化）。

在本寓言中「固」字可譯為「確實」或「當然」：「我非子，固不知子矣」（我不是你，確實不知道你的感受）。

【活用寓意】

莊子和惠子在濠水橋上遊玩，莊子看見魚悠閒自在地游來游去，說「魚真快樂」。他這麼說，是與其哲學觀有關。他認為「天人合一」，大自然和人是和諧相處的，萬物皆有情，而且相互感應。所以他看到魚的狀態，把自己的感情移到魚身上，達致魚人合一。惠子則不然，他用理智觀察世界。在觀察時，他只問合不合邏輯，而不會去問主觀體驗和感受如何。所以惠子聽到莊子的話之後，才質疑莊子「你不是魚，怎麼知道魚是快樂呢？」

當莊子反駁惠子「你不是我，怎麼知道我不知道魚的快樂呢？」之後，莊子就不從移情角度和惠子辯論，而是抓住其辯語中邏輯上的矛盾予以反駁。寓言開頭，莊子說「魚很快樂」時，惠子馬上問「子非魚，安知魚之樂」說明惠子是承認莊子知道魚快樂了，而後來惠子又說「我非子，固不知子矣；子固非魚，子之不知魚之樂，全矣」便前後有矛盾，前面說了莊子「知道」，後而又說「不知道」，這就是莊子最後一句話的意思。寓言教導我們應該用感情體驗大自然和人生，純用理智的話，則人生未免太乏味了。

【思考與練習】

(1)　在日常生活中你是怎樣對待自然和人生的？

(2)　試解釋以下句子中「固」字的用法：「良曰：『沛公自度（估計），能卻（打敗）項羽乎？』沛公默然良久曰：『固不能也。』」（司馬遷《史記・留侯世家》）

（三十五）莊周夢蝶

昔者莊周夢為蝴蝶，栩栩然[1]蝴蝶也，自喻[2]適志[3]與[4]！不知周也。俄然[5]覺，則蘧蘧然[6]周也。不知周之夢為蝴蝶與，蝴蝶之夢為周與？周與蝴蝶，則必有分矣。此之謂「物化」。

——《莊子．齊物》

①栩栩然：輕快自由的樣子。/ ②喻：通愉，愉悅，心情舒暢，是通假字。/ ③適志：適意、暢快。/ ④與：同歟，語氣詞，表示不同的語氣，如疑問、不肯定、感歎等。/ ⑤俄然：忽然、頃刻。/ ⑥蘧蘧然：驚喜的樣子。

【譯文】

往日，莊子曾經在夢中變成一隻蝴蝶，輕快飛舞的蝴蝶，真是歡暢閒適自得啊！一會兒突然醒來，才驚奇地意識到自己原來是莊周。不知道究竟是莊周在夢中變成蝴蝶呢，還是蝴蝶在夢中變成莊周呢？莊周和蝴蝶畢竟是有區別的，這種物和我的相互轉化，叫做「物化」。

【古文常識】

喻，通「愉」，「愉」的本字，是通假字。在古漢語中，用一個音同或音近的字替代另一個字使用的現象，叫做「漢字通假」，被替代的字叫做「本字」或「原字」，用作替代的字叫做「通假字」，「通」是通用，「假」是借用。所以通假字又叫假借字。如「伏」，本義是「身體向前，面向下靠在物體上」，在古漢語中，「伏」通「服」，同音通假，當「佩服、服從」講；如韓愈《與崔群書》:「伏其為人」(佩服他的為人)。又如柳宗元《封建論》:「其智而明者，所伏必矣」(那又聰明而又明白事理的人，服從他的人一定很多)。至於「伏兵、伏擊戰」則是「伏」的引伸義，不是通假字，要注意二者的區別。

本寓言有三個句子運用了「與」這個語氣詞。「與」有兩種用法：

(一) 用在感歎句末。如《三國志・魏書・武帝紀》:「論者之言，一似管窺虎與！」(論者的那種觀點，多麼像竹管裏看老虎啊！)

(二) 用在疑問句末，如張溥《五人墓碑記》:「四海之大，能有幾人與？」(偌大的國家，能有幾個這樣的人呢？)

寓言中「自喻適志與？」,「與」字用在感歎句末；而「不知周之夢為蝴蝶與？蝴蝶之夢為周與？」中「歟」字則用在疑問句或反詰句末。

【活用寓意】

這是一篇哲理寓言，用詩意葱蘢的語言寫出。莊子在寓言中僅用49字就形象而生動地展示了「物化」—— 萬物與我同化，即人與萬物是一個整體的哲學思想。以下是這則寓言所蘊蓄的繁豐的內涵：

春光駘蕩，春花爛漫，莊周坐在院子裏的大樹下，任和風薰陶，聽蜂吟催眠，看蝶影閃爍，漸漸地、周圍的一切模糊不清起來了，像電影中朦朧的彩色畫面，他不由地做起夢來。在迷離恍惚中，他發現自己變成一隻彩蝶，在萬紫千紅的花叢中輕盈地飛舞。多瑰麗的世界！多自由的生活！正在夢酣之時，莊子忽然醒過來，他驚異地發現自己實實在在不是蝴蝶，而是人 —— 莊周，他有點迷惑了，究竟在一剎那前，是自己在做夢，夢見變為蝴蝶；還是現在蝴蝶在做夢，夢見變為莊周呢？莊周和蝴蝶之間，本來是人物有分，而現在卻分不清誰是誰？宇宙萬物是如此相異而又如此相同（相通）地接合成一體。夢給莊子帶來靈感，創作了這則寓言。

【思考與練習】

(1)　甚麼叫「物化」，你同意這種觀點嗎？為甚麼？

(2)　在你讀過的古文中找出兩個通假字。

（三十六）莊子喪妻

莊子妻死，惠子弔之。莊子則方箕踞[1]鼓盆[2]而歌。

惠子曰：「與人居，長子，老、身死，不哭亦足矣，又鼓盆而歌，不亦甚[3]乎！」

莊子曰：「不然。是其始死也，我獨何能無概然[4]！察其始而本無生；非徒無生也，而本無形；豈徒無形也；而本無氣[5]。雜乎芒芴[6]之間，變而有氣，氣變而有形，形變而有生，今又變而之死，是相與春秋冬夏四時行也。人且偃然[7]寢於巨室[8]，而我噭噭然[9]隨而哭之，自以為不通乎命，故止也。」

——《莊子．至樂》

①箕踞：隨意張開雙腿坐着，形似簸箕，是一種輕慢、不拘禮節的坐姿。/ ②鼓盆：敲打盆瓴。盆瓴：盛物的瓦器，古人敲打作為歌唱的節拍。/ ③甚：過份。/ ④概然：慨然，激動的樣子，這裏指悲傷。概，通慨。/ ⑤氣：古人認為天地間有陰陽二氣，萬物都是由此二氣交合而成。/ ⑥芒芴：恍惚，形容模糊不清，不可捉摸。/ ⑦偃然：安安靜靜地躺着。/ ⑧巨室：指天地之間的廣大空間。/ ⑨噭噭然：形容啼哭聲。哀號聲。

【譯文】

莊子的妻子去世了，惠子前往弔唁。看見莊子卻正在伸着雙腿像簸箕一樣坐着，一邊敲着瓦盆，一邊唱歌。

惠子說：「你與妻子共同生活，她把孩子撫養長大，一直到老，死去。你不哭也就罷了，現在你竟然還敲着瓦盆唱歌，不是太過份了嗎？」

莊子說：「你說得不對，當她剛死的時候，我怎麼能不傷心呢？經過一番思考，察覺她原本是沒有生命的，不但沒有生命，而且原本就沒有形體；不但沒有形體，而且本來就沒有氣。然後混雜在似有若無的境況之中，變出了氣，氣又變化成形體，形體又變化育出了生命，現在又變化回到死亡，這和春秋冬夏的運行相同。現在妻子已經靜靜地安眠在天地這個巨大的房屋裏，而我卻跟隨着在她身旁哭哭啼啼。我認為這樣做是不通曉生命的道理，所以才不哭泣。」

【古文常識】

這則寓言最主要的是綜合了排比、頂真和層遞修辭手法。所謂排比，是把同一範圍，同樣性質的事物，用形式相似的句子，接連地逐一表達出來。頂真是指用上一句的末一個詞，作為下一句的頭一個詞，或是用上一段的末一句話，作為下一段的頭一句話，這樣一直連鎖似的遞接下去。層遞法是把一連串要說的話一句一句的加深加重，或是一句一句減低減輕。例如《禮記．大學》：「古之欲明明德於天下者（想要把自己光明之德推廣於天下的人），先治（治理）其國；欲治其國者，先齊（管理好）其家；欲齊其家者，先修（修養好）其身（自身的品德）；欲修其身者，先正其心（端正內心）；欲正其心者，先誠其意（意念真誠）；欲誠其意者，先致其知（首先要獲取知識），致知在格物（窺究事物的原理）。物格而後知至，知至而後意誠，意誠而後心正；心正而後身修，身修而後家齊，家齊而後國治，國治而後天下平。」這段文字，綜合使用排比、頂真、層遞十分明顯，最後注意的是其層遞法是先一句一句減低減輕，從大到小、從上到下，由國而家，由家而身，由心而意而知，然後再反過來一句一句加深加重，從淺到深，從小到大，從下到上，由知而意，由心而身、而家而國。

本則寓言情況亦復如此，從沒有生命，也沒有形體，連氣都沒有，是逐層遞減，其中「雜乎芒芴之間，變而有氣，氣變而有形，形變而有生」使用了頂真修辭法。從有了氣，有了形體，又有了生命，是逐漸遞升，表現出生命的化育與消亡是循環往復不已，乃是自然現象，沒有必要為死亡而哭哭啼啼。

【活用寓意】

這則寓言表現了莊子達觀的生命哲學。妻子去世，他不但不悲哀，反而箕踞而坐，敲打瓦盆唱歌。朋友惠子看不慣，認為妻子為他生兒育女，與他白頭偕老，現在身死，莊子表現的行為實在有悖常理。但莊子卻認為生死不過是化育萬物的氣的聚散，是合乎自然規律的變化，就像春秋冬夏四季的運行。生命的結果是死亡，而死亡是塵歸塵，土歸土，不論你多麼恐懼死亡。

在另一則寓言中，莊子藉骷髏的口説出生前有許多煩惱，而死後卻擺脱這些煩惱，進入極樂世界：「死後，上沒有國君，下沒有臣子，也沒有四季需要料理的事，自由自在地與天地並生共存，就算是南面稱王（古代帝王以坐北朝南為尊）的快樂，也不能超過它。」

這篇寓言十分著名，影響極大，有不少以此寓言作藍本而寫的戲劇，如《大劈棺》、《莊子試妻》等。

【思考與練習】

(1) **具體說說你讀這則寓言之後，生死觀與未讀時有甚麼不同？**

(2) **在你讀的古文中找出一段排比、頂真兼層遞混合使用的語段來。**

（三十七）道無所不在

東郭子問於莊子曰：「所謂道，惡[1]乎在？」

莊子曰：「無所不在。」

東郭子曰：「期而後可[2]。」

莊子曰：「在螻蟻[3]。」

曰：「何其[4]下邪？」

曰：「在稊稗[5]。」

曰：「何其愈下邪？」

曰：「在瓦甓[6]。」

曰：「何其愈甚邪？」

曰：「在屎溺。」

東郭子不應。莊子曰：「夫子之問也，固不及質。正獲之問於監市履狶[7]也，每下愈況[8]，汝唯莫必[9]，無乎逃物[10]。至道若是，大言亦然，周、遍、咸三者，異名同實，其指一也。」

——《莊子・知北遊》

①惡：疑問代詞，哪裏，怎麼，甚麼。/ ②期而後可：有所限定才可以。期，限，限定，限度，期限。/ ③螻蟻：蛄螻和螞蟻，泛指細小的生物。螻蛄，昆蟲，褐色有羽，能掘地，咬農作物的根，是一種害蟲，俗稱蝲蝲蛄。/ ④何其：為甚麼，怎麼會。/ ⑤稊稗：雜草。稊稗相似，稊結實，如小米；稗，一種似穀的草。/ ⑥瓦甓：磚瓦。甓，磚。/ ⑦正獲之問於監市履豨：正，舊時泛指官員。獲，官員名。問於監市，向監督市場的人詢問。履豨，腳踩豬隻下部，以此檢驗豬的肥瘦。履，鞋，活用為動詞「踩」。豨，大豬。/ ⑧每下愈況：越往下踩越能發現實際情況（即豬是肥是瘦）。/ ⑨莫必：不可限定在一個地方。必，限定。/ ⑩無乎逃物：說明道處處都有，任何物都無法擺脫。

【譯文】

東郭子問莊子道：「所謂的道，在哪裏呢？」

莊子說：「無處不在。」

東郭子說：「必須有一個限定才可以。」

莊子說：「在螻蛄和螞蟻之中。」

東郭子說：「怎麼會這麼卑微低下呢？」

莊子說：「還存在於稻田的雜草中間。」

東郭子說：「為甚麼更加卑微低下呢？」

莊子說：「存在於磚瓦之中。」

東郭子說：「為甚麼越來越過份呢？」

莊子說：「存在於屎尿之中。」

東郭子不出聲了。

莊子說：「先生所問的問題，本來就沒有觸及本質，有一個官員名叫獲，向市場監督詢問調查豬隻肥瘦的方法，就是用腳越往豬的下部踩，越能明白其真實情況。你不要只限於一個地方，道無處不在，任何事物都是無法逃離的。至高無尚的道是如此，偉大的言論也是這樣。『周全』、『普遍』、『一切』三個詞語，名稱相異而實質相同，所指的意義是一樣的。」

【古文常識】

「於」作對象介詞，可譯為「向」、「對」等，例如《戰國策・鄒忌勸齊王納諫》:「四境之內，莫不有求於王。」(全國範圍內，沒有不對大王有所求的。) 本寓言中有兩處把「於」作對象介詞用 :「東郭子問於莊子曰」(東郭子向莊子請教說) 及「正獲之問於監市履豨也」(官員名叫獲，向監督市場的人詢問有關用腳踩豬腿調查其肥瘦的方法)，都可譯為「向」。

「何其」的用法一般有兩種 :**(一)** 是表示問原因和程度，譯為「為甚麼」、「怎麼會這麼」，例如《荀子・法行》:「南郭惠子問於子貢曰 :『夫子之門何其雜也？』」(南郭惠子向子貢問道 :「老師的家為甚麼那麼雜？」) **(二)** 是表示感歎語氣，譯為「多麼」，例如歐陽修《伶官傳序》:「至於誓天斷髮，泣下沾襟，何其衰也！」(以至於對天發誓，割斷頭髮，流下淚水把衣襟都沾濕了，那是多麼衰敗的景象啊！)

本寓言中使用的是第一種用法，其中句子中的「何其」可譯為「怎麼」，也可譯為「為甚麼」。二者都有詢問的語氣，但「為甚麼」只是詢問原因和目的，而「怎麼」則是含有反問和感歎成分。

需要分辨文中「每下愈況」與日常我們說的「每況愈下」的不同含義。前者是說越往下踩越知道豬的肥瘦，因為豬腿是上肥下瘦的，如果往下踩而有肉，表示豬肥。後者含義為「情況越來越壞」，前者中「下」指下部，「況」指實際情況；後者中「況」作名詞，指情況，「下」指不好、很差。

【活用寓意】

此則寓言是要說明「道」是「無所不在」的，它存在於「蛄螻螞蟻」中，在「稻田的雜草」中，在「散亂的磚瓦」中，甚至在「惡臭的屎尿」中。莊子之所以把「道」存在的地方說得那麼低下，到了極致，是因為他認為「道」存在於任何具體的物體中，其不但存在於萬物之中，而且不受萬物的影響。

甚麼是「道」，「道」本來是指道路，軌道。人們行走不能離開道路，物體運行不能離開軌道，事物的發展變化不能離開法則和規律，所以「道」在人們頭腦逐漸由具體、可見的道路深化成了抽象、只能意會的法則和規律，因此「道」成了一個高度抽象的哲學概念。

寓言使我們了解道家以及莊子的哲學思想，還給我們的價值觀以極大的啟示，讓我們樹立平等的價值觀。莊子認為道存在於動物、植物、建築材料、排泄物中，說明他是有「物無貴賤」的思想，對低賤物、貴重物都等同看待。

【思考與練習】

(1)　甚麼是「道」？你認為莊子所說道是「無所不在」的，有道理嗎？

(2)　試指出以下兩句哪一句中的「於」字作「對」「向」用：

(a)「葉公問孔子於子路，子路不對。」(《論語．述而》)

(b)「天下莫柔弱於水。」(《老子．七十八章》)

(三十八) 鯤鵬與斥鴳[①]

窮髮[②]之北，有冥海[③]者，天池也。有魚焉，其廣數千里，未有知其修者，其名為鯤；有鳥焉，其名為鵬，背若泰山，翼若垂天[④]之雲，搏扶搖羊角而上[⑤]者九萬里，絕[⑥]雲氣，負青天，然後圖南，且適南冥也。斥鴳笑之曰：「彼且奚適也？我騰躍而上，不過數仞而下，翱翔蓬蒿[⑦]之間，此亦飛之至[⑧]也，而彼且奚適也！」此小大之辯[⑨]也。

——《莊子．逍遙遊》

①鯤鵬與斥鴳：鯤，古代傳說中的大魚名。鵬，古代傳說中的大鳥名。斥鴳，古代傳說中生活在沼澤的小雀名。/ ②窮髮：草木不生。髮，毛，比喻草木。窮髮，即不毛之地，草木不生的地方。/ ③冥海：幽深的大海。在《逍遙遊》中第一句說：「北冥有魚，其名為鯤」，可見「冥海」就是北溟，即北海，北方的大海。/ ④垂天：垂掛天邊。/ ⑤摶扶搖而上：盤旋着向上空飛去。摶，盤繞迴旋。扶搖，盤繞迴旋直上的暴風。羊角，形容旋風盤旋為羊角的狀態。/ ⑥絕：超越，穿越。/ ⑦蓬蒿：飛蓬與蒿草，泛指雜草，蓑草，這裏引申為草野，草叢。/ ⑧飛之至：飛翔最高的境界。/ ⑨辯：通辨，解作分別。是通假字。

【譯文】

在草木不長之地的北方，有一片幽深不見底的大海，這就是天池。那裏出現一條大魚，身軀寬闊達幾千里，沒有人知道牠有多長，牠的名字叫鯤；牠變成一隻大鳥，叫做鵬，牠的脊背像一座泰山，翅膀像天邊的雲朵，盤旋而上直到九萬里的高空，穿越雲霧，背靠青天，然後打算向南飛，想飛到南方的大海去。斥鴳譏笑牠說：「牠要到哪裏去呢？我一跳躍向上飛，不過幾丈高，就落了下來，在雜草叢中自由盤旋，這就是飛翔的極限啊，牠還要飛到哪裏去呢？」這就是小和大的區別啊！

【古文常識】

在古文中介詞「於」常常可以省略，讀古文時應該注意，否則會妨礙對文意的理解。例如《史記．項羽本紀》：「將軍戰河北，臣戰河南」（將軍在黃河以北作戰；我在黃河以南作戰），在「戰」的後面省略了「於」字，即「戰於河北」、「戰於河南」，省略了語體文中的「在」字。本文中「翱翔蓬蒿之間」（在蓬蒿雜草叢中翱翔），「翱翔」後省略了「於」（在）這個介詞。

在語體文中「且」主要作連詞用：例如「並且」、「而且」、「況且」等，但在古文也可以作副詞用，一為程度副詞，例如《列子．愚公移山》：「北山愚公者，年且九十」（北山愚公，年紀將近九十），「且」作「將近」解；一為時間副詞，作「將要」解，是狀語，形容動詞，例如《史記．項羽本紀》：「若屬且為所虜」（你們將要被劉邦俘虜了）。本文中「且適南冥也」（將要去南海），「彼且奚適也」（牠將要去哪裏呢），即為此解。

【活用寓意】

莊子（公元前 360－前 280 年），戰國時期著名的思想家、文學家，道家學派的代表人物。莊子喜歡用寓言闡述他的哲學思想，因此作品中寓言特別多。莊子的哲學思想是按照人的本性順應自然，只有這樣，人才能獲得自由，他認為世界上一切事物都是相對的，大小、貴賤、美醜無不如是。本寓言中大鵬與小雀，一個體形碩大，翅膀能像雲朵乘旋風直上九萬里高空；一個是只能棲身於沼澤，跳躍於草叢之間。但在莊子看來，都那麼逍遙自在，各得其所。其間並無大小之分。

【思考與練習】

（1） 舉生活中的一個例子，説明事物都是相對的道理。

（2） 説出以下句子中甚麼地方省略了「於」這個介詞：

楚人和氏得玉璞楚山中。（《韓非子．和氏》）

(三十九) 塞翁失馬

近塞上①之人有善術②者，馬無故亡③而入胡④，人皆弔⑤之。其父曰：「此何遽⑥而不為福乎？」

居⑦數月，其馬將⑧胡駿馬而歸，人皆賀之。其父曰：「此何遽不能為禍乎？」

家富⑨良馬，其子好騎，墮馬而折其髀⑩，人皆弔之，其父曰：「此何遽不為福乎？」

居一年，胡人大入塞，丁壯⑪者引弦⑫而戰，近塞之人，死者十九⑬。此獨以跛之故，父子相保⑭。

—— 漢 · 劉安《淮南子 · 人間訓》

①塞上：這裏指長城一帶。/ ②術：術數，推測人事吉凶禍福的法術，如看相、占卜等活動。/ ③亡：逃跑。/ ④胡：古代泛稱北方和西方的民族。/ ⑤弔：對他人不幸表示慰問。/ ⑥何遽：怎麼就、難道，表示反問。/ ⑦居：經過。/ ⑧將：帶領、率領。/ ⑨富：有許多。/ ⑩髀：大腿。/ ⑪丁壯：壯年。/ ⑫引弦：拉開弓弦。引申為拿起武器。/ ⑬十九：十分之九，即大多數。/ ⑭相保：一起保全了性命。

【譯文】

靠近邊塞有一個善於用方術推測吉凶的人，他家的馬無緣無故跑到塞外的胡地去了，人們都來安慰他。他的父親卻說：「這難道就不是福氣嗎？」

過了幾個月，那匹馬帶來一群胡地馬匹回來了。鄰人們都來祝賀他。他的父親卻說：「這難道不是禍害嗎？」

他家有很多好馬，他的兒子喜歡騎馬，有一天不小心從馬上摔下來，他的大腿摔斷了，鄰人們都來安慰他，他的父親卻說：「這難道不是福氣嗎？」

過了一年，匈奴兵大舉入侵邊塞，邊塞的壯年人都拿起武器作戰，靠近邊塞的人，十個人中戰死的就有九個。只有他的兒子因為腿瘸不用去打仗的緣故，和父親一起保全了性命。

【古文常識】

形容詞能作謂語，但一般不能帶賓語，例如：「花紅」，「紅」就是謂語，所謂謂語是一句話中對主語陳述的部分，可見形容詞不能帶賓語，一旦形容詞後面帶上賓語，這個形容詞就活用為動詞了。這有兩種情形：

（一）用作動詞的形容詞表示動態，例如：《史記．屈原賈生列傳》：「卒使上官大夫短屈原於頃襄王。」（【子蘭】終於讓上官大夫在楚頃襄王面前詆譭屈原。）句中的「短」本來是形容詞，但後面加上賓語「屈原」，則成了動詞，「短」即「矮化」、「詆譭」的意思了。

（二）「多」和「少」一類形容詞作謂語，當它們後面帶賓語時，「多」和「少」就活用為動詞了，如《史記．平原君虞卿列傳》：「今少一人」（現在少了一個人）。

在本寓言中多處使用了形容詞用作動詞，如「近塞上之人有善術者」，「近」是形容詞，此處作動詞「靠近」；「善」是形容詞，作動詞

「擅長」、「善於」，意為「靠近塞上有一個善於用方術推測吉凶的人」，又「家富良馬」的「富」是形容詞，此句作動詞「有很多」解釋。

【活用寓意】

本寓言選自《淮南子．人間訓》。《淮南子》由漢代劉安所編，劉安（公元前 179 年－前 122 年）是漢高祖劉邦的孫子，襲封淮南王（淮南，今江蘇揚州），他邀請蘇飛等人集體編著，成書於漢武帝建元元年（公元前 140 年），全書二十一篇，《漢書．藝文志》將《淮南子》列入雜家。

這是一篇哲理寓言，十分形象地闡釋了《老子》：「禍兮福所倚，福兮禍所伏」（災禍裏依附着福祉，福祉中潛伏着災禍），禍與福對立統一的關係，其寓意為事物在一定條件下是可以互相轉化的。壞事可以變成好事，好事也可以變成壞事。要看到事物的正面，也要看到事物的反面；要順應自然，不可過分計較得失，一切自會好起來。

在日常生活中，這個寓言故事多用於勸慰人們在失去東西或失意時，不要為暫時的損失或一個時期的不得意而煩惱苦悶，雖然現時受到損失，但可能因此得到好處，像塞翁失馬要看得開，這樣才能長期保持樂觀。

【思考與練習】

(1)　當你考試成績欠佳而失意時，是如何應付的？讀了本寓言有甚麼啟發？具體舉例説明。

(2)　指出以下句子中「輕」字如何活用為動詞：「爾敢輕吾射？（你怎麼敢輕視我射箭的本領？）」（歐陽修《賣油翁》）

（四十）永某氏之鼠

永[1]有某氏者，畏日[2]，拘忌[3]異甚，以為己生歲直子[4]，鼠，子神[5]也。因愛鼠，不畜貓犬，禁僮[6]勿擊鼠，倉廩[7]庖廚[8]，悉以恣[9]鼠，不問。由是，鼠相告，皆來某氏，飽食而無禍。某氏室無完器，椸[10]無完衣，飲食大率鼠之餘也。晝累累與人兼行，夜則竊齧鬥暴，其聲萬狀，不可以寢，終不厭。

數歲，某氏徙居他州。後人來居，鼠為態如故。其人曰：「是陰類惡物也，盜暴尤甚，且何以至是乎哉！」假五六貓、闔門、撤瓦、灌穴，購僮羅捕之。殺鼠如丘，棄之隱處，臭數月乃已。

嗚呼！彼以其飽食無禍為可恆也哉！

—— 唐 · 柳宗元《三戒》

①永：永州，今湖南零陵縣。/ ②畏日：怕犯忌日。忌日，不吉祥的日子，古人認為該日應避忌，不宜做某種事情，都有嚴格的規定。/ ③拘忌：拘限禁忌。/ ④生歲直子：出生時正值子年。直，同值，正當。/ ⑤子神：子年的神。中國古代曆法，子屬鼠，某人生於子年，即以鼠為神，所以愛鼠。/ ⑥僮：僮僕，未成年的奴僕或一般奴僕。/ ⑦倉廩：糧庫。古代稱穀倉為倉，米倉為廩。/ ⑧庖廚：廚房。/ ⑨恣：放縱，肆意。/ ⑩椸：衣架。

【譯文】

永州有一個人，害怕觸犯忌日，尤其講究忌諱，他認為自己出生於子年，老鼠是子年的神，因而特別喜歡老鼠。他不養貓狗，而且禁止僮僕不讓他們捕擊老鼠。糧倉廚房，都讓老鼠恣意妄為，從不過問。於是老鼠奔走相告，都來到這個人家裏，吃飽喝足卻安然無事。這家人屋中沒有一件完好的用具，衣架上沒有一件完整的衣裳，飲食大多是老鼠吃剩的，白天老鼠成群結隊與人一道行走，晚上偷咬打鬥，各種各樣的鼠叫聲吵得人們不得安眠，可是這個人始終不感厭煩。

幾年後，這個人搬遷到別的州去了。後來有人住進來，老鼠還像從前那樣胡作非為，新來的主人說：「老鼠是陰暗角落裏醜惡的東西，偷竊打鬥尤其厲害，為甚麼會弄到這地步呢？」他借來五六隻貓，關上房門，揭開屋頂瓦片，用水灌老鼠洞穴，又僱僮僕圍捕牠們。殺死的老鼠堆積成山丘，把屍體拋棄到偏僻的地方，臭氣幾個月才消散。

唉！它們還以為吃得飽又沒有災禍是可以長久的啊！

【古文常識】

讀古文一定得對古代曆法有所認識，否則就無法懂得有關的文意。例如本文中「以為己生歲直子，鼠，子神也，因愛鼠，不畜貓犬，禁僮勿擊鼠。」之句，不懂得古代曆法就不會明白甚麼是子年；不明白子年和老鼠有甚麼關係，也就無法理解永州這位人士為甚麼拜鼠為神，如此縱容老鼠在屋內胡作非為，肆意破壞。

古人以「天干」與「地支」相配合來紀年（記載年號），天干為甲、乙、丙、丁、戊、己、庚、辛、壬、癸十個符號的總稱。「地支」為子、丑、寅、卯、辰、巳、午、未、申、酉、戌、亥十二個符號的總稱。原來古代曆法中，是用十二種動物作為十二地支的物象，即子屬鼠、丑屬牛、寅屬虎、卯屬兔、辰屬龍、巳屬蛇、午屬馬、未屬羊、申屬猴、酉屬雞、戌屬狗、亥屬豬。永州某人生於子年，即以鼠為神。

寓言中有「畏日」之句，意為怕犯忌日，所謂「忌日」，舊時是指父母及其他親屬逝世的日子，因而禁忌飲酒作樂等事，後來凡祖先生日、死日及皇帝、皇后死亡之日總稱忌日，現在則指一般人。這是風俗習慣使然，當然有時也不免會有迷信成分在內。

【活用寓意】

柳宗元（公元 773 — 819 年），字子厚，河東（山西永州）人，唐朝著名散文家，31 歲前在仕途上相當順意，後來因為得罪了宦官和舊官僚，永州九年（公元 814 年）被貶官為永州（湖南零陵）司馬。在此期間，他寫下了《三戒》一組（三篇）寓言，通過三個動物的故事提出三種警誡，《永某氏之鼠》是其中一篇，其餘兩篇為《臨江之麋》、《黔之驢》。

老鼠是人們所厭惡的動物，在人們心目中其形象完全是負面的。「獐頭鼠目」，樣子頭小而尖，老鼠眼小而圓，形容相貌醜陋猥瑣而神情狡猾的人。「鼠竊狗偷」形容小偷小摸，進行不光明的行動。「鼠目寸光」，形容人目光短淺。「鼠肚雞腸」，形容氣量狹小。「鼠輩」，指品行不端或微不足道的人。「鼠竄」比喻像老鼠那樣驚慌逃走。但寓言中的「永某氏」卻由於自己屬鼠，所以把鼠當神看待。他不養貓，也不容許僮僕撲擊老鼠，其結果是令家中老鼠肆意破壞，弄得家不成家，家人也不得安寧。老鼠為禍之烈令人無法忍受，這都是某氏寵之縱之的結果，所以對付惡人、惡物都不可姑息養奸，否則將造成無窮的禍害。

這寓言告訴我們：對於那些由於受寵、一時得勢，胡作非為、橫行霸道的鼠輩，我們應該像新來的屋主那樣，用堅決的手段，毫不留情地將牠們徹底消滅掉；從「假五六貓、闔門、撤瓦、灌穴，購僮羅捕之」，可見其手段的堅決程度。

【思考與練習】

(1)　你認為我們生活中的許多避忌有必要嗎？為甚麼？

(2)　縱容壞人為害甚烈，你能在社會現實中找出一個例子來說明嗎？

（四十一）刻舟求劍

楚人有涉[①]江者，其劍自舟中墜於水，遽契[②]其舟，曰：「是[③]吾劍之所從墜。」舟止，從其所契者入水求之。

舟已行矣，而劍不行，求劍若此，不亦惑[④]乎？以此故法為其國，與此同。時已徙[⑤]矣，而法不徙，以此為治，豈不難哉？

——《呂氏春秋．察今》

①涉：徒步渡水、趟水。/ ②遽契：急速地刻。契，用刀刻，通鍥。/ ③是：這，這裏，在古文中常做代詞「這」解。/ ④惑：疑惑，使人不解。/ ⑤徙：遷移，搬遷。

【譯文】

有個渡江的楚國人，他的劍從船上掉落到水裏。急忙在船邊刻上記號，說：「這裏是我的劍掉落的地方。」船停下來後，從他刻記的地方下水去尋找劍。

船已經走動了，而掉落水裏的劍卻不會走動，像這樣尋找劍，豈不是很糊塗嗎？所以用這種舊方法來治理他的國家，與這個人刻舟求劍相同。時代推移了，用這個辦法治理國家，難道不是太困難嗎？

【古文常識】

省略某些句子成分的句子叫省略句。古文省略現象比語體文多，省略的目的是使語言簡潔生動，所以閱讀時要注意其省略部分，弄清楚句子的結構，前後句的關係，才能讀懂全句。在古文句子中，許多成分都可以省略，最主要是指主語、謂語、賓語及其修飾成分。

（一）主語省略：例如《左傳．曹劌論戰》：「小大之獄，【　　】雖不能察，必以情」（大大小小的訴訟案件，【我】雖然不能做到明察，但一定盡力按實際案情處理）。**（二）**賓語省略：《論語．顏淵》：「人皆有兄弟，我獨無【　　】。」（別人都有兄弟，只有我沒有【兄弟】）。**（三）**謂語省略（謂語是對主語加以陳述，説明主語怎麼樣或者是甚麼的句子成分）：王安石《性説》：「以言取人，孔子失之宰我；以貌【　　】，失之子羽」（孔子只憑言語來取人，就看錯了宰我；以貌【取人】，就看錯了子羽）。**（四）**定語（修飾和限制名詞、代詞和句子成分）省略，例如劉向《説苑．敬慎》：「盜怨【　　】主人」（強盜怨恨【他的】主人），句中主人充當「怨」的賓語，而「主人」的定語「其」被省略了，「其」可譯為「他的」，即「被盜物的主人」。

這在本文中可以找到例子：「【　　】遽契【　　】其舟」（涉江者急忙在船邊刻上記號），句中省略了主語【涉江者】、賓語【記號】，此句未省略前應為「涉江者遽契舟」；另例：「舟已行矣，而【　　】劍不行」（船已經移動，而水中的劍沒有移動），省略了定語【水中】。

【活用寓意】

這則寓言選自《呂氏春秋．察今》，《呂氏春秋》是一本説理散文著作，戰國末年政治家呂不韋集合門客編寫而成，它基本上反映了呂不韋本人的思想。呂不韋（？－公元前 235 年），衛國濮陽（今河南濮陽西南）人，原是大商人，因幫助莊襄王繼承王位有功，任為相國。秦始皇年幼即位後，繼任相國，稱為「仲父」（對宰相重臣的尊稱）。門下有賓客三千，家僮萬人。

《刻舟求劍》的主旨在寓言末尾説得很明白：「以此故法為其國，與此同。時已徙矣，而法不徙，以此為治，豈不難哉？」意思是用已經過時的法度來治理國家，與刻舟求劍相同。時代已經推移了，而法令制度卻不隨着變化，像這樣是很難治理好國家的。可見呂不韋是從治國的廣闊角度來寫這個寓言的，它是藉此闡述因時變法的思想，他指出「先王之法」、「不可為法」（古代法令制度不可能被效法），是因為時勢變移。因此法令制度也應該隨之改變。

結合現實，寓言教導我們，做事不可拘泥固執，不知根據情況的變化靈活處理。

【思考與練習】

(1)　看看當前的校規和社會上的法令、制度有哪些過時不合時宜的地方？需要怎樣改正？

(2)　指出以下句子是哪個詞倒置的：「富者曰：子何恃而往？」（富僧説：「你依靠甚麼去呢？」）（彭端淑《為學》）

(3)　指出以下句子省略了甚麼詞：「樊噲側（側轉）其盾以撞【　　　】，衛士撲地。」（司馬遷《史記．項羽本紀》）

（四十二）為錢財而溺斃的人

永[①]之氓[②]咸[③]善游。一日，水暴甚[④]，有五、六氓乘小船絕[⑤]湘水[⑥]。中濟[⑦]船破，皆游。其一氓盡力而不能尋常[⑧]。

其侶曰：「汝善游最也，今何後為？」

曰：「吾腰千錢，重，是以後。」

曰：「何不去之？」不應，搖其首。有頃，益[⑨]怠[⑩]。

已濟者立岸上，呼且號曰：「汝愚之甚！蔽之甚！身且死，何以貨為？」又搖其首。遂溺死。

吾哀[⑪]之。且若是，得不有大貨之溺大氓者乎？

—— 唐．柳宗元《哀溺文》

①永：永州，在今湖南零陵。/ ②氓：平民，老百姓。/ ③咸：全部。/ ④暴甚：河水漲得很厲害，即河水暴漲。/ ⑤絕：橫渡。/ ⑥湘水：湘江，河流名，在今湖南。/ ⑦中濟：船渡到河流中央。濟：渡過河。/ ⑧尋常：指距離短長度小。尋、常都是古代的長度單位，八尺或七尺為一尋，兩尋為常。/ ⑨益：更加。/ ⑩怠：疲倦。有時解懈怠、懶惰。/ ⑪哀：憐憫。

【譯文】

永州的百姓很會游泳。一天，河流暴漲，有五、六個百姓乘小船橫渡湘江，駛到河流中間船被浪打翻了，其中有一個人費盡力氣，也游不了多遠。

他的同伴說：「你是最會游泳的，現在為甚麼落後呢？」

他答道：「我腰纏千金，太重了，所以落後了。」

同伴說：「為甚麼不扔掉它呢？」他沒有答應，只搖搖頭。過了一會，他更加疲勞了。已經上岸的同伴向他呼叫道：「你太愚蠢了，被金錢蒙蔽太深了，命都保不住，還要財物幹甚麼？」那個人又搖搖頭，就這樣溺斃了。

我憐憫溺死者，而且如果照此推論，該不是有錢的人越多溺死的人更多嗎？

【古文常識】

古文中有些不同詞性的詞語，因經常連用，或互相配合使用，因而產生新的意義，已成為固定結構，這種比詞複雜而尚未成句的固定單位，就叫「固定句式」或「習慣句式」，這種句式一旦形成，將作為一個獨立的單位充當句子成分。例如「奈……何」，「奈」是動詞，「何」是疑問代詞，它們組成固定句式，相當於現代漢語的「怎麼辦」「對……怎麼辦」。例如《史記·廉頗藺相如列傳》：「取吾璧，不予我城，奈何？」（取走我的和氏璧，不給我城池，怎麼辦？）本寓言二處使用固定結構，**（一）**是「何……為」，這是疑問句型，「何」是狀語，與語氣詞「為」相配合，表示問的原因，可譯成「為甚麼」，例如「汝善游最也，今何後為？」（你最擅於游水，卻為甚麼落後了呢？）就是如此。**（二）**是「得不……乎」（與「得無……乎」同），是用反問句的語氣表示肯定的看法，「得不」是狀語，與語氣詞「乎」相配合，可譯為「該不是……吧」，例如：「得不有大貨之溺大氓者乎？」（該不是有錢的人越多溺死的人越多嗎？）

【活用寓意】

柳宗元寓言的特點是善於體察事物，抓住事物的特徵加以想像和誇張，創造生動形象。

此則寓言塑造了一個愛財勝命的人物形象。由於河水暴漲，船破，船上的人都掉進水中，當地人善游泳，故此其他的人都能游上岸，唯獨此人為身纏千金所累，游不上岸。同伴都勸他拋棄金子救命要緊，儘管人們大聲呼喊，但那人財迷心竅，不肯扔掉金子，終於溺斃。

故事驗證了「人為財死，鳥為食亡」的諺語，但鳥是動物，不會思考，而人是萬物之靈，應該分辨得出生命和財物，孰輕孰重，道理十分明顯。命都沒了，錢有何用？

在當今物慾橫流的社會裏，金錢主宰着社會的許多方面，不少人為金錢幹出傷天害理的事，以至身陷囹圄甚而喪失生命，害人兼且害己。金錢之為害大矣。金錢的危害性無處不在，無孔不入，這是我們讀這則寓言得到的啟示。

【思考與練習】

（1）我們應該怎樣正確對待金錢？

（2）在你讀過的古文中找出一個有固定結構的句子。

（四十三）涸轍之鮒

莊周家貧，故往貸粟①於監河侯②。監河侯曰：「諾③。我將得邑金④，將貸子三百金，可乎？」莊周忿然變色曰：「周昨來，有中道而呼者。周顧視，車轍⑤中有鮒魚⑥焉。周問之曰：『鮒魚來！子何為者邪？』對曰：『我，東海之波臣⑦也。君豈有斗升之水⑧而活我哉？』周曰：『諾，我且南遊說吳、越之王，激⑨西江⑩之水而迎子，可乎？』鮒魚忿然作色曰：『吾失我常與，我無所處，吾得斗升之水然活耳。君乃言此，曾⑪不如早索⑫我於枯魚之肆⑬！』」

——《莊子・外物》

①貸粟：借糧食。貸，借。粟，小米，此處指代糧食。/ ②監河侯：監河的官吏。/ ③諾：允諾之詞，意為「好的」、「可以」。/ ④邑金：監河侯在封邑（帝王封賜的領地）內向老百姓徵收的稅金。金，指租稅的收入包括財物之類。後面的三百金的「金」是指物品價值數量的計算單位。/ ⑤車轍：車輪輾過留下凹陷的痕跡。/ ⑥鮒魚：鯽魚。/ ⑦波臣：水族之臣，水族也有君臣之分。/ ⑧斗升之水：少量的水。斗升，容量單位，十升為

一斗。/ ⑨激：水勢受阻而濺湧，變成急流。/ ⑩西江：指蜀江，四川的河流。/ ⑪曾：竟，竟然。不是時間副詞，是情態副詞，表示動作行為的狀態，起肯定或強調的作用。/ ⑫索：求取。/ ⑬枯魚之肆：賣乾魚的鋪頭。

【譯文】

莊周家裏貧窮，因此向監河侯借糧食。監河侯說：「好的。我將要得到封地稅金，到那時候可以借給你三百兩銀子，行嗎？」

莊周氣得臉色都變了，說：「我昨天來的時候，半路上聽到有喊『救命』的聲音，回頭一看，只見在乾涸的車輪壓凹的地方有一條鯽魚，莊周問牠道：『鯽魚啊！你在這裏做甚麼？』鯽魚回答道：『我是東海的水族之臣，您能用一斗升的水來救我嗎？』我說：『好的，我將要到南方遊說吳國、越國的君主，引進西江的水來迎接您，可以嗎？』鯽魚氣得臉色都變了，說：『我失去了正常的生活環境，沒有容身的地方，現在只求您給我一斗升的水來就能活命，而您竟說出這樣的話來，還不如早點到賣乾魚的鋪頭找我吧！』

【古文常識】

漢語語法的最大特點是着重語序（又叫詞序）。所謂語序是句子各個成分排列的先後次序。現代漢語句子成分排列有一定的順序。即主語在前，謂語在後。賓語在動詞、謂語後。但是在古代漢語中，有時為強調或突出句子的某個成分，句子成分的排列常常與上述有所不同，這叫倒裝句。賓語前置是其中的一種。本來在古漢語裏，賓語的位置也和現代漢語一樣，都在動詞的後面，但為了強調賓語，在一定的語言條件下，就把它放在動詞的前面，翻譯時則應放回到後面，例如《荀子．強國》：「應侯問孫卿子曰：『入秦何見？』」（應侯問孫卿子說：「到秦國看到甚麼？」）應侯是范雎，孫卿子是荀子，「何見」是「見何」的倒裝，「何」是賓語。本寓言中「子何為者邪」，「何為」

是「為何」（做甚麼）的倒裝句。

【活用寓意】

此則寓言可能是莊子根據自己的生活經驗撰寫而成，寓言原意是諷刺監河侯的吝嗇。淪於揭不開鍋的莊周向監河侯借糧，他不但不借，還用謊言 —— 美麗的遠景欺騙對方，稱將在收到封地的稅金時，借對方三百金，讓對方只能望梅止渴。「涸轍之鮒」這個寓言充滿了對監河侯之流的激憤之情。這種情緒在與鯽魚的對話中充分顯示出來。

寓言教導我們交友之道：真正的友誼是在關鍵時刻伸出援助之手，或盡其所能（或所有）甚至捨命相助。朋友之間要的是雪中送炭，而不是錦上添花，真正的友誼是經得起考驗的。

【思考與練習】

（1）在生活中你可曾遇到（或聽說過）類似監河侯這樣的朋友？

（2）用語體文譯出以下的倒裝句並說出是如何倒裝的：王（楚莊王）曰：「子歸，何以報我？」（《左傳．成公三年》）

（四十四）蝜蝂傳

蝜蝂[①]者，善負小蟲也。行遇物，輒持取，卬[②]其首負之。背愈重，雖困劇[③]不止也。其背甚澀，物積因不散，卒躓仆[④]不能起[⑤]。人或憐之，為去其負。苟能行，又持取如故。又好上高，極其力不已，至墜地死。

今世之嗜取者，遇貨不避，以厚其室，不知為己累也，唯恐其不積。及其怠而躓也，黜棄[⑥]之，遷徙之，亦已病[⑦]矣。苟能起，又不艾[⑧]。日思其高位，大其祿，而貪取滋甚[⑨]，以近於危墜，觀前之死亡不知戒。雖其形魁然大物者也，其名人也，而智則小蟲也。亦足哀夫！

—— 唐．柳宗元《蝜蝂傳》

①蝜蝂：一種善於負載東西的昆蟲，背部粗澀，東西掉不下來。/ ②卬：抬頭，同仰。/ ③困劇：疲累到極點。劇，厲害，嚴重。/ ④躓仆：向前跌倒。躓，跌倒，絆倒。仆，向前仆倒。/ ⑤起：東山再起，比喻重新出仕，或再次得勢。/ ⑥黜棄：貶斥罷官。棄，指被統治者遺棄。/ ⑦病：痛苦。/ ⑧艾：停止，指停止聚斂財物。/ ⑨滋甚：滋生或滋長得很厲害。

【譯文】

蝜蝂是一種擅長背負東西的小蟲。爬行時不論遇到甚麼東西都要把它們撿起來，仰頭揹着。揹的東西越來越重，牠雖然疲勞到極點，但仍揹個不停。蝜蝂的背部很粗澀，東西堆上去，就不會散落，最後被壓得跌倒在地起不來。有人同情牠，替牠除去背上的東西，但是，只要牠還能爬行，就又和原來一樣往背上撿取東西。又喜歡向高處爬，使盡力氣都不停止，一直到摔死在地上才罷休。

當今社會上那些貪得無厭的人，遇到財物絕不會輕易放過，用來充實家產，不知道會成為自己的負累，唯恐財物積攢得不夠。等到他筋疲力竭倒下了，被貶官免職，流放邊境，也已經困苦不堪。如果能夠重新得勢，還是不肯就此罷休。天天想着爬上高位，獲得更多的俸祿，這樣貪取財物的意念日益增漲，以至接近危險的境地。看到前人因貪財死亡而不引以為戒。雖然他們的身軀高大魁梧，稱呼為人，可是他們的智慧卻和小蟲一般，這種人實在可悲啊。

【古文常識】

古文用法中使動用法是指主語使賓語產生動詞所表示的動作行為。古文中，動詞、名詞、形容詞都可以用作這種動詞，這種動詞也叫「使動詞」或「致使性動詞」。

（一）不及物動詞使動：例如《左傳・隱公元年》：「莊公寤生，驚姜氏」（莊公生時難產，使姜氏驚恐），「驚恐」是不及物動詞（如坐、睡、走、來等都是不及物動詞），帶有賓語「姜氏」，活用為及物動詞（動詞所表示的動作對賓語有支配作用，如：打、讀、寫等），但「驚恐」這個動作並不是莊公施行的，而是莊公這個主語使賓語（姜氏）施行的，「驚姜氏」，即「使姜氏驚恐」。

（二）名詞使動：名語活用為動詞後，可有使動用法，例如《左傳・定公十年》：「公若曰：『爾欲吳王我乎？』」（公若說：「你想使我成為吳王僚嗎？」）吳王，即吳王僚，被人刺殺身亡，「吳王我」即「使我成為吳王」（意為使我像吳王那樣被刺殺）。吳王本是名詞，這裏成為動詞，並具使動用法。

（三）形容詞使動：形容詞活用為動詞後也可有使動用法，例如賈誼《過秦論》：「於是廢先王之道，焚百家之言，以愚黔首。」（於是秦始皇廢除先王的治世之道，焚毀百家的著作，用此方法使百姓變得愚昧無知。）形容詞「愚」（愚昧）因帶了賓語（黔首）而用作動詞，根據文意是主語具有該形容詞「愚」所表示的性質和狀態，所以「愚」在這裏用作使動詞，「使……變得愚昧」。

本寓言中也有形容詞作使動用法，例如「以厚其室」，意思是「用來豐厚他的家產」。「厚」是形容詞，這裏用作動詞「使其室厚（豐厚）」，主語是「嗜取者」（貪得無厭的人），但他不是「豐厚」動作的施行者，是他使賓語「其室」來施行「豐厚」這一動作的。又如「曰思高其位，大其祿」指那些嗜取者天天想着使其地位提升，薪俸加多。「高」和「大」都是形容詞，在句中活用為動詞「增高」「加多」，然後再變為「使之增高」「使之加多」的使動用法。

【活用寓意】

此寓言在結構上分兩段，前段給蝜蝂立傳，後段給蝜蝂的經歷作評價。不少選本只摘取前段，不理會作者的評價，然後自行評價。因此對本寓言可以有三種評價。

其中一種評價為《蝜蝂傳》的命意是透過蝜蝂善於負重，又極盡其力拼命往上爬的特徵的描述，揭示社會上有些人趨權逐利，貪得無厭的本性。最後正如蝜蝂「覲前之死亡不知戒」因而「墜地死」。

有人使前段脱離後段孤立來讀其內涵，認為寓言給人的啟示，是把蝜蝂的特徵比喻為事務主義者，處理事務不分主次，甚麼事情都自己攬着，壓在身上，如同蝜蝂把任何重物都撿起來壓在背上，壓得喘不過氣，寸步難行，累垮了，而甚麼事也辦不成。

又有人說，蝜蝂這一形象有濃厚的哲理意味。蝜蝂是一個象徵，象徵人類共同的悲劇命運，人一生下來就揹着慾望的重負，卸也卸不下來，直到死亡，猶如蝜蝂的一生。這使人想起西方荒誕派筆下神話人物薛西弗斯的悲劇命運。他因為犯錯，神判處他把一塊巨石不斷地推上山頂，而沉重的巨石又從山頂上滾落下來；他又把巨石推上去，一遍又一遍永不止息，一直在做着既無用又無望的勞動。把薛西弗斯的「推石」和蝜蝂的「負重」作比較，可以看出二者的相似之處。

【思考與練習】

(1) 對《蝜蝂傳》的三種命意理解，你有甚麼看法呢？具體說說看。

(2) 試解析王安石《泊船瓜州》:「春風又綠江南岸」(春風又使江南岸變綠) 中「綠」字的使用動用法。

（四十五）南轅北轍[1]

魏王[2]欲攻邯鄲[3]，季梁[4]聞之，中道而反，衣焦不申[5]，頭塵不去，往見王曰：「今者臣來，見人於大行[6]，方北面[7]而持其駕，告曰：『我欲之楚。』臣曰：『將奚[8]為北面？』曰：『吾馬良。』臣曰：『馬雖良，此非楚之路也。』曰：『吾用[9]多。』臣曰：『用雖多，此非楚之路也。』曰：『吾御者善。』『此數者愈善，而離楚愈遠耳。』今王動欲成霸王，舉欲信於天下。恃王國之大，兵之精銳，而攻邯鄲，以廣地尊名[10]。王之動愈數，而離王愈遠耳，猶至楚而北行也。」

——《戰國策．魏四》

①南轅北轍：車轅向南面車轍向北，比喻背道而馳，行動與目的相反。轅，車子前頭駕車的車杠。轍，車輪前進留下的印跡。/ ②魏王：魏安釐王，戰國時魏國的君主，公元前 276－前 243 在位。/ ③邯鄲：（今河北邯鄲），趙國首都。/ ④季梁：魏國賢人。/ ⑤衣焦不申：衣服褶皺，沒有弄平。申，通假字，通伸，伸展，引伸為把褶皺弄平。/ ⑥大行：大道，一作太行，即太行山，在今山西河北交界處。/ ⑦北面：向北。/ ⑧奚：何

處。/ ⑨用：費用，路費。/ ⑩廣地尊名：擴大國土，名聲大，聲勢威。

【譯文】

魏王想出兵攻打邯鄲，季梁聽到這個消息，連忙從半道折返，衣服褶皺還來不及弄平，頭上塵土也顧不得撣掉，就前往謁見魏王，對魏王說：「這次我來的時候，在路上遇見一個人，正駕着車子向北面走，告訴我說：『我要去楚國。』我問他，你去楚國，楚國在南方，為甚麼卻往北走？他說：『我的馬跑得快。』我說：『馬雖然跑得快，但這不是去楚國的路啊！』他說：『我的路費多。』我說：『路費雖多，但這不是去楚國的路啊！』他說：『我的駕車人技術高超啊！』我說：『你的馬跑得越快，路費越多，馬伕駕術越精通，楚國距離你越遠啊！』現在大王動輒想成為霸王，意圖一舉取信於天下，倚仗着王國疆土的廣大，軍隊的精鋭，去攻打趙國邯鄲，以擴充領土，炫耀名聲。大王這種舉動越頻繁，離大王完成霸業的目標就越遠，正如要到楚國卻向北走啊。」

【古文常識】

本寓言中「申」是通假字，它和「伸」通用，作「伸展」解。何謂通假字，「通」是「通用」，「假」，是假借、借用的意思。所謂假借，就是兩字通用，或是這個字借用那個字，「申」和「伸」的關係就是如此，「申」本來是「説明」、「陳述」的意思，如「三令五申」，由於聲音與伸相同，被借用為「伸」字，「伸」是本字，「申」是假借字。又如《桃花源記》中漁人進入山中小洞中之後，洞裏的人見到漁人「乃大驚，問所從來，具答之，便要還家。」（十分驚訝，詢問從哪裏來，漁人一一詳盡地回答，他們便邀請他到家裏了。）末句中的「要」與「邀」通假，「要」是通假字，「邀」是本字。

【活用寓意】

如果我們追溯不少寓言的原意，就會發現其所含的原意被讀者大大地擴闊，它被活用了。好像此寓言原本是説季梁透過「南轅北轍」的故事，勸諫魏王，不要憑藉自己國家強大侵略別國，擴大疆域，建立霸業，認為這樣做的次數越多，離霸業成功的願望必將越來越遠。後人把這個道理運用到學習、工作和生活中去，説明我們不論做甚麼，首先要樹立正確的目標，並選定正確的方向，往目標進發，否則你縱有豐厚的條件，天大的才能，也都如寓言中那位去楚國卻朝北面走的人，永遠無法到達目的地，寓意深刻而廣闊。

【思考與練習】

(1)　你是否先確定目標並明確方向處理事情，請用具體實例從正反兩方面説明其不同效果。

(2)　在本寓言中找出一個通假字，並説出其本字，可參考「語譯」尋找答案。

(四十六)臨江之麋

臨江①之人,畋②得麋麑③,畜之。入門,群犬垂涎,揚尾皆來。其人怒,怛之④。自是,日抱就⑤犬,習示之⑥,使勿動,稍⑦使與之戲。

積久,犬皆如人意。麋麑稍大,忘己之麋也,以為犬良我友⑧,抵觸偃仆⑨,益狎⑩。犬畏主人,與之俯仰⑪甚善,然時啖⑫其舌。

三年,麋出門,見外犬在道甚眾,走欲與為戲。外犬見而喜且怒,共殺食之,狼藉⑬道上。麋至死不悟。

—— 唐·柳宗元《三戒》

①臨江:今江西清江。/ ②畋:打獵。/ ③麋麑:麋鹿,幼鹿。俗稱「四不像」,雄的有角,角似鹿,尾似驢,蹄似牛,頸似駱駝,全身灰褐色,是一種珍貴動物。麑,麋鹿之子。/ ④怛之:把狗嚇退。怛,恐嚇。/ ⑤就:接近。/ ⑥習示之:經常給狗看,習,經常。示,擺出來給人看。/ ⑦稍:漸漸,慢慢。下文「稍大」,意為「漸漸大了」。/ ⑧良我友:確實是我的朋友。良,確實,的確。/ ⑨抵觸偃仆:頂着頭碰撞,在地上翻滾。偃,仰臥。仆,向前仆倒。說明狗與幼麋一起嬉戲的情狀。/ ⑩益狎:更加親暱。狎,親暱,親近。/ ⑪俯仰:與前「抵觸偃仆」意同,形容狗與鹿嬉

戲甚歡的情態。/ ⑫啖：吃或給人吃。這裏指舔一舔。/ ⑬狼藉：雜亂的樣子，指幼鹿的殘骸散落一地。

【譯文】

臨江有一個人，打獵捕捉到一隻幼麋，把牠飼養起來，一進家門，一群狗流着口水，翹着尾巴跑來。那個人大怒，嚇走牠們。此後主人每天抱着幼麋跟狗親近，讓狗熟悉牠，讓狗不要驚動牠，慢慢地讓牠們一起遊戲。

時間久了，群狗都能順從主人的意思。幼麋漸漸長大，忘記自己是鹿了。認為狗群實是自己的好朋友。牠們頭頂頭，在地上翻滾遊玩，越來越親近。群狗怕主人，同幼鹿俯仰嬉戲，十分友好，還時時舔舔牠的舌頭。

三年以後，幼麋走出家門，見到外面有許多狗在道路上，過去想跟牠們戲耍。那些狗見到幼麋，又是高興，又是憤怒，一起把牠吃掉，道上殘骸散落一地。幼麋至死也不知道原因？

【古文常識】

「而且」，其作用為連接分句，表示遞進關係，例如柳宗元《封建論》:「人不能搏噬，而且無毛羽，莫克自奉自衛」(人類不能搏鬥吞噬，而且沒有羽毛，不能養活自己，保護自己)。「而且」亦可作並列連接詞，例如本寓言中「外犬見而喜且怒」(外面的狗見到幼麋又喜悅又惱怒)，「喜悅」和「惱怒」是並列，同時表現出狗見到鹿的情態。

「之」字在古文中有多種用法，本寓言中「之」有三種用法。

(一)是用在句中，為舒緩語氣，無義，可不譯，如李公佐《南柯太守傳》:「人之與物，皆非世間所有。」(人和物，都不是人間所有的。)本寓言中的第一句話:「臨江之人，畋得麋麑」的「之」就是如此，翻譯時可省略:臨江有一個人，獵獲一隻幼麋。」

（二）作代詞（第三人稱），例如「怛之」、「習示之」等全是代「狗」；也有代「幼麋」，如「與之俯仰甚善」、「共殺食之」。

（三）是作「為」解，如「麋麑，稍大，忘己之麋也」，「幼鹿漸漸長大，忘記自己為（是）幼麋」，這種用法一般文言語法書中沒有説明，我們只能根據上下文來理解。

【活用寓意】

此則寓言是唐代著名文學家柳宗元（公元 773 — 819）總題為「三戒」（《臨江之麋》、《黔之驢》、《永某氏之鼠》）的寓言之一。作者在序言中説《三戒》的寫作目的是表達「不知推己之本，而乘物以逞」（不認識自己原本的能力和本事，而憑藉他人的權勢作威作福），結果是觸怒了強者遭到災禍。本寓言中的幼麋，開始時受到主人的保護，在得寵的環境中成長，以致忘記了自己的弱小，把狗當成好朋友；根本沒有想到這群狗是在主人控制下不敢驚動牠使然，以為所有的狗均是如此。所以見到外面的狗，糊裏糊塗地把牠們當作家狗，不知道自己並沒有主人的保護傘做依恃而貿貿然跑過去。最後落得個被街狗咬死、骸骨散落道上的下場。寓言對當今世人有以下的啟迪：

要知道一個人的威信，是靠自己的努力自然形成，而非依仗權勢僥幸取得，更不應該藉此作威作福，為非作歹。另一方面，我們看人不要只看表面，而要提高洞察力，透過現象看本質，千萬不要被他們狐假虎威的虛假氣勢所嚇倒，要揭穿他們，使之顯現其真面目。

有學者認為害死幼麋的是主人，狗的本性是要吃麋鹿的，主人卻自幼對麋鹿沒有進行這方面的教育，讓牠認敵為友，以致喪失了抵抗力和辨識力。當前社會上有些人只強調對人進行正面教育，反對接觸一些反面事物，把人的思想密封在清一色的教條公式中。這樣在思想的溫室裏只能培養出一個蒼白的虛弱的產物，像寓言中這隻天真的麋鹿。

【思考與練習】

(1) 這則寓言對你有甚麼啟示作用？

(2) 試指出文中以下句子中「之」字的用法：「犬畏主人，與之俯仰甚歡」。

（四十七）黔之驢

黔[①]無驢，有好事者[②]船載[③]以入。至則無可用，放之山下，虎見之，龐然大物[④]也。以為神，蔽[⑤]林間[⑥]窺之。稍出近之，慭慭然[⑦]，莫相知[⑧]。

他日，驢一鳴，虎大駭，遠遁；以為且[⑨]噬己也，甚恐。然往來視之，覺無異能者。益習[⑩]其聲，又近出前後，終不敢搏，稍近，益狎[⑪]，蕩倚衝冒[⑫]。驢不勝[⑬]怒，蹄之，虎因喜，計之曰：「技止此耳！」因跳踉[⑭]大㘎[⑮]，斷其喉，盡其肉，乃去。

噫！形之龐也類[⑯]有德，聲之宏也類有能，向[⑰]不出其技，虎雖猛，疑畏卒不敢取。今若是焉，悲夫！

—— 唐·柳宗元《三戒》

①黔：今貴州的省稱，這裏指貴州一帶。/ ②好事者：喜歡管閒事的人。好，喜歡。/ ③船載：用船運載。/ ④龐然大物：外表上龐大的東西。/ ⑤蔽：隱蔽，隱藏。/ ⑥間：時時，經常。/ ⑦慭慭然：謹慎小心的樣子。/ ⑧莫相知：不知道對方是甚麼東西。莫，不。相知，意為彼此相交而互相了解，加上個「莫」字，變為互相不了解對方。/ ⑨且：將要。/ ⑩習：

習慣，熟悉。/ ⑪狎：表示親近而態度不莊重，有戲弄之意。/ ⑫蕩倚衝冒：碰撞、緊挨、衝擊、冒犯。/ ⑬不勝：不能忍受，不能承擔。/ ⑭跳踉：跳躍。/ ⑮㘎：虎吼聲。/ ⑯類：似乎，好像。/ ⑰向：往昔，當初。

【譯文】

貴州一帶沒有驢子，有個好事的人，用船運載一隻驢子過來，運載到了之後卻沒有甚麼用，就把牠放在山腳下。老虎看見了，覺得牠是龐然大物，把牠當作神奇的東西，便躲在樹林裏不時偷偷地看着牠；慢慢地才走出來接近牠，非常小心謹慎，不知道究竟是甚麼東西。

有一天，驢子一聲長鳴，老虎大吃一驚，逃得遠遠的，以為將要吃掉自己，非常恐懼。可是老虎來回往復地觀察牠，覺得牠並沒有特殊的本領，漸漸習慣了牠的叫聲，又靠近牠，在牠的身前身後轉來轉去，始終不敢搏擊牠。又漸漸挨近牠一些，更加戲弄牠；碰撞牠，倚靠牠，衝擊牠，冒犯牠。驢子忍不住發怒了，用蹄子踢老虎，老虎因此十分高興，心裏盤算着説：「牠的本領不過如此而已！」於是老虎跳起來，大聲吼叫，咬斷驢子的喉管，吃光了牠的肉，才離去。

唉！驢子身材高大似乎很有德性；聲音宏亮似乎很有能耐。當初如果不顯露牠的那點能耐，老虎雖然兇猛，卻因心存疑慮和畏懼，終究不敢吃掉牠。現在落得這個下場，真是可悲啊！

【古文常識】

「以為」的幾種用法：

（一）「以為」是一個動詞，譯為「認為」，和語體文中的「以為」用法同。

（二）「以為」之間插入其他詞語成為「以……為」的固定結構。「以」是動詞，譯為「認為」；「為」是表示判斷的動詞，可譯為「是」，也可以不譯，例如《史記．張儀列傳》：「王以其言為然。」（國君認為他的話是對的。）譯為「是」；《戰國策．楚策一》：「王以我為不信。」（你以為我不誠實。）省略了「是」。

（三）「以為」之間插入別的詞語，成為「以……為」固定格式，譯為「把……看作（當作）」，表示一種主觀認識。例如《戰國策．秦策一》：「蘇秦喟然歎曰：『妻不以我為夫，嫂不以我為為叔，父母不以我為子，是皆秦之罪也。』」（蘇秦長歎一聲說：「妻子不把我當作丈夫，嫂子不把我當作小叔子，父母不把我當作兒子，這都是秦的罪過。」）

（四）「以為」的「以」當「用」的時候，「以為」相當於「用來作為」，「以」是個介詞，後面的賓語「之」承前省略，譯為「用來作為」或「用……作為」。「以為」亦可分開，意思不變，例如《孟子．滕文公上》：「其徒數十人，皆衣褐綑屨織席以為食」（他的幾十個門徒，都穿着粗麻織成的衣服，用打草鞋織成的席子作為謀生）。

本寓言中有兩處用了「以為」造句，一為「以為神」，譯為「把驢子當作神」，在句中「以」是個介詞，後面承前省略了賓語，前面有「虎見之，龐然大物也，以為神」，末句即「以之為神」。此句是**（四）**的用法。另一為「以為且噬己也」，譯為「認為驢子將要吞食自己」，此句是**（一）**的用法。

讀此寓言時，要特別注意幾個詞類活用的詞，例如第一段：「稍出近之」，「近」是形容詞，活用為動詞「靠近」。第二段「驢不勝怒，蹄之」，「蹄」是名詞，活用為動詞「踢」。

【活用寓意】

這則寓言是膾炙人口的篇章，「黔驢技窮」與「黔驢之技」都出自《黔之驢》。文章的主角是黔驢，配角是老虎，二者的行為均能給人以極大的啟發。

作者是從形、聲、技三處着墨，勾畫出驢子的愚蠢無能、外強中乾的特點。驢子的外形是龐然大物，有點令人望而生畏，老虎初見驢，竟把牠當作神奇的東西，萬分驚疑、畏懼，只能「蔽林間窺之」。驢子嘶叫聲音宏亮，嚇得「虎大駭」、遠遁、甚恐，似乎有甚麼了不起的本領，其實驢子的技能只會「蹄之」，如此而已。作者抓住此特點，由表及裏，把驢子的形象刻畫得惟妙惟肖。

另外，作者抓住勇敢、機智、謹慎、兇猛的特點把老虎的神態、心理、動作逼真地描繪出來。初見驢，是「蔽林間窺之」，「蔽」，表明小心翼翼，保持適度距離，並不是害怕；「窺之」顯示仔細觀察，冷靜判斷。後來「驢一鳴」，虎雖然是「大駭」，動作是「遠遁」，心理是「甚恐」。實際上既表現出其「恐懼」，也反襯出其頑強，因為牠並未被嚇倒，更沒有跑掉，而是「往來視之」，但終不敢搏擊，進一步刻畫出虎的謹慎；直至虎對驢更近接觸，戲弄牠、用蕩倚衝冒觸怒牠，使牠「蹄之」，老虎最終發現牠「技至此耳！」最後跳躍起來咬斷驢子喉，把驢子吃光，才施施然離去。整個過程把老虎善攻心計、機智而又兇猛的形象栩栩如生地描繪出來。

在我們的日常生活中，不免會遇上像驢一樣愚蠢無能、外強中乾的人，但我們千萬不要被他表面上的聲威所嚇倒，而要像那隻老虎仔細觀察、冷靜判斷，辨識其虛弱的本質。

【思考與練習】

(1)　你遇到或見過像黔驢這類人嗎？試具體描述。

(2)　說說下面「以為」的用法：「項羽卒（士兵）聞漢軍之楚歌（楚國歌曲），以為漢盡得楚地（楚國的土地）。」（司馬遷《史記・高祖本紀》）

（四十八）腹䵍斬子

墨者①有鉅子②腹䵍居秦，其子殺人。秦惠王③曰：「先生之年長矣，非有他子也，寡人已令吏弗誅矣，先生之以此聽寡人也。」

腹䵍對曰：「墨者之法曰：『殺人者死，傷人者刑。』此所以禁殺傷人也。夫禁殺傷人者，天下之大義也。王雖為之賜④，而令吏弗誅，腹䵍不可不行墨子之法。」不許惠王而遂殺之。

子，人之所私⑤也，忍⑥所私以行大義，鉅子可謂公矣。

——《呂氏春秋．去私》

①墨者：信仰墨家學說的人。墨家學說創始人為墨子，名翟，約生於公元前 468－前 376 年，主張人不應有親疏貴賤之分，反對戰爭，主張「兼愛」、「非攻」，提出「尚賢」、「尚同」的政治主張，認為「官無常貴，民無終賤。」（官吏沒有永恆尊貴，老百姓沒有終身低賤。）本寓言亦顯示出墨家的平等思想。②鉅子：墨家對其學派有重大成就者的尊稱。《莊子．天下》：「南方之墨者以鉅子為聖人。」/ ③秦惠王：戰國時秦國君主，名駟，公元前 327－前 311 年在位。/ ④為之賜：賜給我恩惠。之，指代腹䵍自己。/ ⑤私：偏愛。《楚辭．離騷》：「皇天無私阿兮，覽民德為錯

輔。」（上天公正無私心啊！看誰有德便輔助他。）／⑥忍：忍心，指忍心殺掉之意。

【譯文】

精通墨家學説的大師腹䵍居住在秦國，他的兒子殺人。秦惠王對他説：「先生的年紀已經很大了，又沒有另外一個兒子，我已經下令給司法官不要殺他了，希望先生在這件事上聽從我的話吧。」

腹䵍回答道：「墨家的法則規定：『殺人者處死，傷人者受刑。』這樣做的目的是嚴禁殺人和傷人，而嚴禁殺人和傷人是天下通行的大道理。大王雖然賜給我恩惠，命令司法官不殺我的兒子，但是我卻不能不執行我們墨家的法規。」腹䵍沒有應允惠王，最終殺了自己的兒子。

兒子，是人所偏愛的，忍心殺掉自己偏愛的兒子去遵行天下的大道理，墨家大師腹䵍可以算得上是公正無私了。

【古文常識】

「所以」作為連詞有三種用法：

（一）連接分句，表示結果，與語體文用法相同，例如《韓詩外傳・卷二》：「吾聞衛世子不肖，所以泣也。」（我聽説衛世子不肖，所以哭泣。）

（二）表示原因，相當於「……的原因」，《孟子・齊桓晉文之事》：「古之人所以大過於人者無他焉，曾推其所為而已矣。」（古代那些聖明的國君能夠遠遠超過一般人的原因，沒有甚麼別的秘密，只不過善於推己及人罷了。）

（三）表示憑藉的手段、工具、處所、目的以及有關的人或物，可譯為「用來……的方法、東西、地方、人」等，例如《墨子・公輸》：「吾知所以距子矣，吾不言。」（我知道用甚麼方法對付你了，我不說。）

本寓言中「殺人者死，傷人者刑，此所以禁殺傷人也」句中的「所以」就是說明用「殺人者死，傷人者刑」的墨家教條來禁止殺人的。

【活用寓意】

這篇寓言選自《呂氏春秋·去私》，內容寫的是墨家大師腹䵍為履行墨者法規「殺人者死，傷人者刑」的條文，堅決拒絕秦王因為他年長又獨子而赦免他殺人的兒子的死刑，並把兒子處死。《去私篇》還有另一個故事，那就是祁黃羊「外舉不避仇，內舉不避子」（推薦不避仇人，推薦不避兒子）的大公無私、任人唯賢的行為，他向晉平公推薦仇人的兒子解狐當南陽縣令，又毫無顧忌地推薦兒子祁午為國家的軍事長官，因為他們都能勝任。呂不韋認為「天無私覆也，地無私載也，日月無私燭也，四時無私行也，行其德而萬物得遂長焉。」（天覆蓋萬物，沒有偏私；地承載萬物，沒有偏私；日月普照萬物，沒有偏私；春夏秋冬更迭交替，沒有偏私。天地、日月、四季施其恩德，於是萬物得以成長。）因此人要向大自然學習，不要有偏私，就如祁黃羊、腹䵍。

【思考與練習】

（1）　你認為香港社會有沒有特權的現象，具體說明之。

（2）　指出以下句子中「所以」的用法：「強秦之所以不敢加兵（發兵攻打）於趙者，徒以（只是因為）吾兩人在也。」（司馬遷《史記·廉頗藺相如列傳》）

(四十九)鵷鶵與腐鼠

惠子①相梁②,莊子往見之。或謂惠子曰:「莊子來,欲代子相。」

於是惠子恐③,搜於國中,三日三夜。

莊子往見之,曰:「南方有鳥,其名鵷鶵④,子知之乎?夫鵷鶵,發於南海而飛於北海,非梧桐不止,非練實不食,非醴泉⑤不飲。於是鴟⑥得腐鼠⑦,鵷鶵過之,仰而視之曰:『嚇!』今子欲以子之梁國而嚇我邪!」

——《莊子・秋水》

①惠子:即惠施(公元前370-前310年),戰國名家代表人物(以正名辨義為主的學派),宋國人,與莊子為友,曾任魏相,知識淵博,善於辯論。/ ②相梁:在梁國為相。梁,即魏國,魏惠王三十一年(公元前339年)從安邑(山西夏縣)遷移到大梁(河南開封)。/ ③恐:指惠子恐怕莊子取代自己的相位。/ ④鵷鶵:傳說中與鸞鳳同類的神鳥。/ ⑤醴泉:味道甘美如甜酒的泉水。/ ⑥鴟:一種猛禽,屬貓頭鷹一類,比喻惠施。/ ⑦腐鼠:腐爛的死老鼠,比喻丞相位。

【譯文】

惠子做了梁國的丞相，莊子前去看望，有人對惠子說：「莊子來梁國，是想替代你做丞相。」

於是惠子大為惶恐，一連三天三夜在全國各地搜尋莊子。

莊子主動前往見惠子，對他說：「南方有一種鳥，名字叫鵷鶵，您知道嗎？這種鳥，從南海出發，飛往北海，途中不是梧桐就不棲息，不是竹子果實就不吃，不是甘美的泉水就不飲。在這裏有一隻貓頭鷹抓捕到一隻腐爛的老鼠，鵷鶵剛巧從天空飛過；貓頭鷹仰頭怒目而視說：『嚇！想搶我的老鼠嗎？』現在你想用梁國的相位來嚇唬我嗎？」

【古文常識】

在本寓言中，出現兩句用「於是」的句子：一為「於是惠子恐」、一為「於是鴟得腐鼠」。第一句中「於是」的用法與語體文的用法相同，在語體文中「於是」是連接詞，表示後一件事緊接着前一件事，二者是一種連貫的關係。例如：「大家都說這幾天太辛苦了，於是上級決定讓大家休息一天。」本文中，在「於是惠子恐」句前有「或謂惠子曰：『莊子來，欲代子相。』」之句，可見「於是」的作用是把前後句連貫起來的，是連接詞。

但是在古文中「於是」作連接詞的時候不多，多數是當作介詞「於」加代詞「是」組成介賓短語，上段中引用的第二句「於是鴟得腐鼠」中的「於是」即此類用法，意為「在這時候」。這種用法主要用在句中或句首，表示時間或處所。可譯作「在這時」、「在這地方」、「從此時」、「從此地」。例如《左傳・僖公三十三年》：「遂墨以葬文公，晉於是墨。」（晉襄公就穿着黑色的壽服葬晉文公，晉國從此時開始改用黑衣為喪服。）

【活用寓意】

這篇寓言是寫惠子被封為魏相，莊子去拜訪他，他以為莊子想奪相位，於是日夜搜捕莊子，莊子前往對他講了一個故事：有一隻神鳥住在梧桐樹上，吃的是竹子果實，飲的是甘甜的泉水。有一天神鳥在天上飛，牠看見一隻貓頭鷹在吃腐爛的老鼠，貓頭鷹恐怕神鳥想搶腐鼠，發出嚇人的呼喝聲，嚇走神鳥。莊子說完故事，對惠子說：「你是不是怕我要搶奪相位而恫嚇我呢？」可見惠子是「以小人之心，度君子之腹」，顯示出他是一個追求功名利祿之徒，而莊子則是一個把一國的相位看成是腐臭的老鼠，視榮華富貴如浮雲的高潔人士，兩相對照，涇渭分明。

惠子和莊子是好朋友，竟把莊子看成為一個想爭奪名利權位的人，實在是大錯特錯了。莊子家貧，曾做過漆園吏的小官，他棄官遷至鄉村定居，過帶彈弓、釣魚的生活，終生不仕。

【思考與練習】

（1）　講一個「以小人之心，度君子之腹」的故事。

（2）　試說明以下句子中「於是」的用法。

(a)「忽一人大呼：『火起』…… 於是賓客無不變色離席。」(林嗣環《口技》)

(b)「吾祖死於是，吾父死於是。」(柳宗元《捕蛇者說》)

（五十）晏子的馬車夫

晏子為齊相，出。其御①之妻從門間②而窺③，其夫為相御，擁大蓋④，策⑤駟馬⑥，意氣揚揚，甚自得也。既而⑦歸，其妻請去⑧。夫問其故，妻曰：「晏子長不滿六尺⑨，身相齊國，名顯諸侯。今者妾⑩觀其出，志念⑪深矣，常有以自下⑫者；今子長八尺，乃為人僕御，然子之意，自以為足，妾是以求去也。」

其後，夫自抑損⑬。晏子怪而問之，御以實對，晏子薦以為大夫⑭。

《晏子春秋・內篇雜上》

①御：駕馭，指駕駛馬車的人。/ ②間：空隙、縫隙。/ ③窺：從小孔、縫隙或隱蔽處偷看。/ ④蓋：車蓋，古代車上用以遮陽避雨的傘形篷子。/ ⑤策：用鞭子趕馬。/ ⑥駟馬：古代的車套四匹馬拉車。/ ⑦既而：過了一會兒，不久。/ ⑧去：離開。/ ⑨六尺：古代尺小，六尺約等於現在四尺多。/ ⑩妾：古代婦女的謙稱。/ ⑪志念：志向、思想。/ ⑫自下：自降身份與人交往，謙恭待人。/ ⑬抑損：貶低自己，謙卑的意思。/ ⑭大夫：官職名，周代在國君以下有卿、大夫、士三等，後來以大夫為官職之稱。

【譯文】

晏子做齊國的丞相，有一天外出。他的馬車夫的妻子從門縫往外偷看，看見她的丈夫為相國駕馬車，擁有高大的車蓋，趕着套有四匹馬拉的車子，神氣十足，很是得意。過了沒多久，馬車夫回家，他的妻子請求離開，丈夫問為甚麼？妻子說：「晏子身高不足六尺，當上了齊國的相國，在諸侯中聲名顯赫。今天我看到他外出，志向深藏，經常保持謙遜的態度；現在你身高八尺，卻給人駕車，然而看你的心意，倒是十分滿足，所以請求離開。」

自從那次以後，丈夫自我貶抑，謙恭起來；晏子覺得奇怪，問他為甚麼，他如實回答。晏子推薦他當大夫。

【古文常識】

在閱讀古文時，要注意一詞多義的現象，才能讀懂。例如以下幾個句子，一定得先知道「引」字的含義：（一）《孟子．盡心上》：「君子引而不發，躍如也。」（君子拉開弓而不發射，作出躍躍欲試的樣子。）（二）《史記．廉頗藺相如列傳》：「相如引車避匿。」（藺相如拉轉車頭躲開了）（三）《資治通鑑．赤壁之戰》：「初一交戰，操軍不利，引次江北。」（開始交戰，曹操軍打敗了，便率領退駐在長江北岸）。三個「引」字意義不同：（一）義為「拉開（弓）」，（二）義為「拉轉」，（三）義為「率領」。

本文就有多義的詞，例如「為」字有二義：「晏子為齊相」的「為」和「其夫為相御」的「為」字，前者作「做、擔任」解，後者作「替」解。

一詞多義與詞類活用不同，一詞多義是指一個詞有固定的幾個意義，而詞類活用則是出現在一個特定的語境中的語法現象，活用的意義是臨時的，它的界定是從語法角度出發的。例如「道」有「道路」（名詞）、「說」（動詞）、嚴肅（形容詞，如「道貌岸然」的「道」）

等義，這個意義是本身固有的，但是在《史記・項羽本紀》中它被活用為動詞「取道」:「從驪山下，道芷陽間行。」(從驪山下，取道芷陽抄小路逃走。)則是從「道路」活用的。

【活用寓意】

故事中，馬車夫的妻子將自己的丈夫和晏子做對比：一方面讚揚晏子雖然身高不足六尺，卻能身相齊國，名顯諸侯，更可貴的是他志念深藏，肯放下身段，謙卑有禮；而丈夫呢，雖然身高八尺，但沒有甚麼本事，只能當晏子的馬車夫，可是他卻以駕駛華貴、用四匹馬拉的車而趾高氣揚、洋洋自得。故事中表達二人性格的強烈對比，妻子的請求離開丈夫正是這種對比的結果。

寥寥幾筆，人物寫得活靈活現，十分典型。在現實生活中，我們可以看到有些高官、鉅富、學者，在與人交往中，像普通人毫無架子，予人以大權若無，大富若貧，大智若愚的感覺；而那些依附權勢財勢或無知無識的人，卻飛揚跋扈，得意揚揚，自以為是。前者令人欽佩，後者使人憎厭。

【思考與練習】

(1)　在生活中，你可曾遇到過像馬車夫這樣的人，具體說說他的情況。

(2)　說說以下句子中「御」字的不同含義：「其御之妻從門間而窺，其夫為相御。」

（五十一）偷雞的人

今有人，日攘①其鄰之雞者。或告之曰：「是非②君子之道。」

曰：「請③損④之，月攘一雞，以待來年然後已⑤。」

如知其非義⑥，斯⑦速已矣，何待⑧來年？

——《孟子．滕文公下》

①攘：偷竊。/ ②是非：這不是。是，這；非，不是。這和語體文中的「是非」作「是與不是」、「正確和錯誤」、「口舌（搬弄是非）」解不同。/ ③請：請求對方給予，表示敬意。/ ④損：減少。損和益經常連用，損是減少，益是增加。/ ⑤已：停止。/ ⑥義：合乎正義的行為和事情。/ ⑦斯：則，乃，那麼就。/ ⑧何待：為甚麼等待。

【譯文】

現在有這麼一個人，每天都要偷鄰居的一隻雞，有人勸告他說：「這不是正人君子應該做的事。」

偷雞人說：「讓我減少一些吧，改作每個月偷一隻，等到明年就不偷了。」

如果知道那是不正當的行為，就應該馬上改正，為甚麼還要等到明年呢？

【古文常識】

「或」主要有兩種用法，一種是作副詞，和語體文中的「也許」、「大概」用法相同，例如「你的病也許有救了」，譯成古文即「汝病或獲救矣」。但「或」多用為不定代詞，沒有明確的指定對象，可指代人、事物、時間等，常做主語，本文譯做「有人」——「或告之曰」（「有人對他説」）。另例《左傳·宣公三年》:「天或啟之，必將為君」（上天也許要起用它，一定會讓他做君主）。

【活用寓意】

這則寓言的背景是春秋時期，孟子在宋國見到國內稅收很重，他就對宋國大夫戴盈之説出看法。戴盈之承認這點，表示願意取消部分捐稅，但今年辦不到，要等到明年才能施行。孟子知道戴盈之無意減稅，只是敷衍塞責，於是講了偷雞人的故事，用偷雞人本來天天偷雞，經過勸告，答應改為每月偷一隻，到明年就不偷了，比喻戴盈之的減稅行為。最後才點出既然知道做錯了，就應該馬上改正，何必要等到明年呢！

此則寓言對做人具有普遍意義：知道做錯了，就要痛下決心，立即改正，不給一絲拖延的機會，以免養癰遺患。

【思考與練習】

(1)　在日常生活中，你做錯了事，是馬上就改，或是拖延着慢慢再説，還是堅決不改一錯到底？

(2) 參考「古文常識」，指出以下引文最後一句中「或」字的用法：

「夫子之牆數仞，不得其門而入，不見宗廟之美，百官之富（老師家的圍牆有幾丈高，如果找不到大門進去，就看不到宗廟的雄偉，多種房舍的富麗）。得其門者或寡矣（很少了）。」（《論語．子張》）

第六章

情溢寰宇篇

（五十二）他鄉是故鄉

燕人生於燕，長於楚，及老而還本國。

過晉國，同行者誑[1]之，指城曰：「此燕國之城。」其人愀然變容[2]；指社[3]曰：「此若[4]里[5]之社。」及喟然而歎[6]；指舍曰：「此若先人之廬[7]。」乃涓然而泣[8]；指壟[9]曰：「此若先人之冢[10]。」其人哭不自禁。

同行者啞然大笑，曰：「予昔紿[11]若，此晉國耳！」其人大慚。

及至燕國，真見燕國之城社，真見先人之廬冢，悲心更微。

——《列子．周穆王》

①誑：用言語或行動逗引人。許多人都用「欺騙」解釋它，並不準確。/ ②愀然變容：容顏變得憂懼。/ ③社：土地廟。/ ④若：你。/ ⑤里：古代居民區名。所含居民數，說法不一，歷代也有變化。《周禮》：「五家為鄰，五鄰為里。」即二十五家為一里。/ ⑥喟然而歎：長長的歎息。喟然，形容歎息的聲音。/ ⑦廬：房屋。/ ⑧涓然而泣：淚下不停地哭泣。涓然，形容淚流的樣子。/ ⑨壟：墳墓。/ ⑩冢：高大的墳墓，後作「塚」。/ ⑪紿：欺騙。

【譯文】

有一個燕國人在燕國出生，而在楚國長大，到了老年才歸還燕國。

路過晉國的時候，同行的人逗他、騙他，指着城牆說：「這是燕國的城牆。」那人頓時臉色大變；又指着土地廟說：「這是你鄉里的土地廟。」那人長長的歎氣；還指着一間屋舍說：「這是你祖先的房舍。」那人淚下漣漣；再指着一座墳墓說：「這是你先人的祖墳。」那人放聲大哭，不能自制。

同行的人哈哈大笑，說：「我剛才是騙你的，這裏是晉國啊！」那人十分羞愧。

等到返回了燕國，那人真正見到城牆、土地廟，真正見到屋舍、墳墓，悲傷反而變得淡薄了。

【古文常識】

「人稱代詞」指代替人名的詞語，因此這些代詞所代替的都是名詞，人稱代詞可以分為第一人稱代詞、第二人稱代詞和第三人稱代詞。

第二人稱代詞在古文中，往往用「女」（汝）、「爾」、「若」、「乃」、「而」表示「你」的意思。

（一）汝：《列子．湯問》：「汝心之固，固不可徹。」（你的思想頑固，頑固到不開竅的程度。）「女」與「汝」通用，《左傳．文公十八年》：「人奪女妻而不怒。」（人家奪去你的妻子，你卻不憤怒。）

（二）爾：歐陽修《賣油翁》：「爾安敢輕吾射？」（你怎麼敢輕視我的箭術呢？）

（三）若：《史記．項羽本紀》：「吾翁即若翁。」（我的父親就是你的父親。）

（四）乃：陸游《示兒》：「王師北定中原日，家祭勿忘告乃翁。」（君王的軍隊統一中原的那一天，家祭的時候不要忘記告訴你的父親。）

（五）而：《戰國策．越策》：「而母，婢也。」（你的母親是個婢女。）

寓言中用了四個「若」字：「此若里之社」、「此若族人之廬」、「此若先人之冢」以及「予昔紿若」都是指「你」。

【活用寓意】

本則寓言選自《列子》一書，列子，即列禦寇，春秋時鄭國人，《莊子》中經常提到他，出生約早於孟子、莊子一百年。

《他鄉是故鄉》是思鄉之作，其中充盈着濃濃的鄉愁。一個燕國人生於燕國成長於楚國，及至老年，想落葉歸根，返回故國。由於故土的影子夢魂牽縈，路過晉國時，同伴跟他開玩笑，誑他眼前晉國的景物 —— 城郊、土地廟、屋舍、祖墳都是燕國的，那人卻信以為真。作者使用排比句並以由淺而深的層遞手法抒發情思，每提到一種景物都引起那人內心的波動，先是面容變色，接着喟然長歎，再是淚下連連，終至放聲大哭，由此表現出思念情切，不禁令人想起唐朝詩人賈島的《渡桑乾》詩：「客舍并州已十霜，歸心日夜思故鄉。無端更渡桑乾水，卻望并州是故鄉。」（作客并州已經十年，歸心似箭日夜思念故鄉咸陽，無端端北渡桑乾，遠望并州反而成了故鄉了。）可見鄉愁能使人神魂顛倒，就如寓言中的燕人和詩人賈島，鄉愁是跨越時空的啊！

【思考與練習】

(1)　當今交通發達，天涯咫尺，我們都生活在一個地球村裏，這對鄉愁有甚麼影響？請說說你的看法。

(2)　說說你所知道的第一人稱古文所用的詞。

（五十三）高山流水

伯牙[①]鼓[②]琴，鍾子期[③]聽之。方[④]鼓琴而志在太山[⑤]，鍾子期曰：「善哉乎鼓琴！巍巍乎[⑥]若太山！」

少選[⑦]之間，而志在流水[⑧]，鍾子期又曰：「善哉乎鼓琴，湯湯[⑨]乎若流水。」鍾子期死，伯牙破琴絕弦，終身不復鼓琴，以為世無足復為鼓琴者。

非獨琴若此也，賢者亦然。雖有賢者，而無禮以待之，賢奚由[⑩]盡忠？猶御[⑪]之不善，驥不自[⑫]千里也。

——《呂氏春秋・本味》

①伯牙：春秋時楚國人，善彈琴，相傳《高山流水》就是他的作品。/ ②鼓：彈琴。/ ③鍾子期：姓鍾，名期，子是古代男子的通稱。/ ④方：開始時。/ ⑤志在太山：此句也可解為「彈奏時表現出高山峻嶺的磅礡氣勢」。太山，即泰山，在今山東泰山，是中國五嶽（東嶽泰山，在山東；南嶽衡山，在湖南；西嶽華山，在陝西；北嶽恆山，在山西；中嶽嵩山，在河南）之首，孔子有「登泰山而小天下」（登上泰山，就覺得天下也小了）的感歎。/ ⑥巍巍乎：形容山脈高大雄偉。/ ⑦少選：一會兒，不久。/ ⑧志在流水：表現出流水般奔流不息的志向，也可以解釋為描寫流

水浩浩蕩蕩的宏偉場面。/ ⑨湯湯：水勢浩大的樣子。浩浩蕩蕩。/ ⑩奚由：何由、何從。/ ⑪御：駕馭車或馬。/ ⑫自：自己，自己的能力。

【譯文】

伯牙彈琴，鍾子期傾聽。剛開始彈奏時，琴聲表現攀登峻峯的高遠志向，鍾子期聽到後説：「彈得好極了，聲調像泰山般巍峩高聳。」

過了一會兒，伯牙表現跟隨流水奔流不息的志向，鍾子期説：「彈得好極了，曲調像江水般浩浩蕩蕩。」鍾子期死了，伯牙終生不再彈琴，認為世上再沒有值得自己為他彈琴的人了。

不只奏琴，尋求賢德的人也是這樣。即使是有賢德之人，如果不以禮相待，賢德的人怎樣盡忠呢？就如駕馬人技術不良，良馬也不會自己跑千里遠。

【古文常識】

本寓言中寫伯牙彈奏七弦琴的聲調像巍峩聳立的泰山，又像浩浩蕩蕩的流水，把聽覺形象轉移為視覺形象，使人對音樂形象有更豐富而深切的感受。

此外，寓言中用攀登峻峯比喻伯牙高遠志向，以追隨流水比喻不斷精進是用具體形象比喻抽象思想，予人以可感可觸的鮮活印象。

需要注意寓言中鍾子期説的兩句話：「善哉乎鼓琴，巍巍乎若太山」、「善哉乎鼓琴，湯湯乎若流水」，正句應該是「鼓琴善乎哉，若太山巍巍乎」（琴彈得好極了，像太山巍峩聳立），「鼓琴善乎哉，若流水湯湯乎」（琴彈得好極了，像流水浩浩蕩蕩向前奔騰），兩句中都是把修飾語提前，目的是強調樂聲之美。加上句中運用疊聲詞「巍巍」和「湯湯」，還重複使用歎詞「乎」、「哉」和「哉乎」連用，更增加了全文的音樂美，顯示出古代散文特有的藝術魅力。

【活用寓意】

這則寓言是寫鍾子期能從聽伯牙彈琴的琴聲中，得知伯牙想的是高山流水及其志向。子期死後伯牙破琴斷絃，不再彈琴，因為世上再無知音了，可見知音多麼難得。作者原本的意圖是想透過故事，說明即使有賢德的人材，如果不以禮相待，賢德之才何從盡忠呢？就如同駕馭車馬的人技術不佳，良馬也不能跑千里之遙。

每個時代都有懷才不遇的人，尤以知識分子為然。這是由於知音難求所致。掌權者應該成為賢能人士的知音，充分發揮他們為國家社會服務的才能，像劉備對諸葛亮可稱為知音，可以不憚勞煩，三顧草廬，請諸葛亮出山，協助他完成統一中國的大業；而諸葛亮也能報答知遇之恩，為國鞠躬盡瘁，死而後已，成為千古美談。

【思考與練習】

（1）　說說香港當權者與賢能人士的關係，舉例說明。

（2）　運用通感手法描寫某一種自然現象（如風、月光等）。

（五十四）驥遇伯樂

君亦聞驥①乎？夫驥之齒至②矣，服③鹽車而上太行④，蹄申⑤膝折，尾湛⑥胕潰⑦，漉汁⑧灑地，白汗⑨交流，中阪遷延⑩，負轅不能上。

伯樂⑪遭之，下車攀⑫而哭之，解紵衣以冪⑬之。

驥於是俛而噴，仰而鳴，聲達於天，若出金石聲音，何也？彼見伯樂之知己也。

——《戰國策．楚四》

①驥：千里馬，良馬。/ ②齒至：馬齒已經長齊，說明馬已經老。幼馬每歲長一齒，所以用齒計算馬的年齡。/ ③服：拖、拉。/ ④太行：太行山，在今山西河北河南交界處，山路險峻。/ ⑤申：同伸、伸直、伸展、引申為僵直。/ ⑥湛：通沉，下垂。/ ⑦胕潰：皮膚潰爛。胕通膚，皮膚。/ ⑧漉汁：口鼻噴吐向下流的白沫。/ ⑨白汗：虛汗，由於衰弱、患病等流出的汗。/ ⑩中阪遷延：在半山坡上掙扎着逡巡不前，形容坡路陡峭，車向上走又往後退，上不去。/ ⑪伯樂：姓孫，名陽，是春秋戰國時期著名的養馬能手、相馬專家。/ ⑫攀：牽，拉，指拉着馬。/ ⑬冪：覆蓋。

【譯文】

你曾聽説千里馬吧！有一隻千里馬，已經年老，牙齒脱落了，拾着裝鹽的車上太行山。山路坎坷，牠累得雙蹄僵直，膝蓋彎曲，尾巴下垂，皮膚潰爛，口鼻中流出的白沫灑滿一地，虛汗全身四處滲透，在半山坡上逡巡不前，拉着車把就是上不去。

伯樂看見了，跳下車牽着千里馬，哭了起來，脱下自己的麻衣覆蓋在馬背上。

千里馬於是低頭噴吐一口氣，仰首長鳴，鳴聲直衝天際，發出金石般的音響。這是怎麼一回事呢？因為牠遇見伯樂這樣的知己啊！

【古文常識】

修辭法中的設問句，乃是我們自己早已有了固定的答案，卻故意設立疑問，然後再由自己來作答，或由聽的人或讀的人自己去領會。所以它是不需要別人回答的無疑之問，和普通所謂的詢問或疑問句不同。這在古文的議論文中經常出現，例如彭淑端《為學》:「天下事有難易乎？為之，則難者亦易矣！不為則易者亦難矣！」首句就是設問句，後面幾句則是自問自答。又如蘇洵《六國論》:「齊人未嘗賂秦，終繼五國遷滅，何哉？」(齊國人並沒刻意地討好秦國，最後也跟着五國滅亡，為甚麼？）在設問了齊國不賄賂秦國，也不免滅亡之後，然後答以「與嬴而不助五國也」(和秦國交好而不幫助五國抵抗秦國所致啊)。可見設問句是為了鮮明地闡明觀點，引起人們的注意，需要注意的是用在不同的位置上的設問有其側重點。

此則寓言兩處用了設問句，一在開頭:「君亦聞驥乎？」這一提問是為了引起以下描述一匹千里馬的不幸遭遇的故事，此馬本應奔馳疆場為人類建立功績，而今卻是淪落為拉鹽車，加以年邁體衰為病纏身，連車都拉不動，最後只能聲嘶力竭，仰天長嘯，作不平之鳴。整篇寓言全靠此設問導引而出，可見其重要性。另一設問置末尾:「何也？」其目的是描寫千里馬在極度困厄之際，伯樂如何為牠的悲慘命運哭泣，從答案可以看出千里馬對伯樂的知遇之恩的無限感激的話語:「彼見伯樂之知己也。」短短一句，但發自肺腑，具有爆炸力，令人震撼！需知它是「何也？」的設問迸發出來的。

【活用寓意】

此則寓言出自楚國公子春申君的賓客汗明之口。當初汗明想去見春申君，但是枯等三個月才得以被接見，並着門吏為其登記入賓客的名冊。汗明見到春申君，講了駿馬無從施展本領淪為拉鹽車的不幸，而後遇到伯樂的故事，比喻自己和那隻駿馬一樣空有一身本領和抱負但由於遇不上伯樂、終身鬱鬱不得志；後來遇上了，卻已年邁多病，連拉鹽車上半坡的力氣都沒有，只剩下感激伯樂知遇的浩歎！

在中國文人筆下描繪出的駿馬一隻隻都是馳騁時四蹄起風，奔騰起來沒有任何障礙能阻攔牠，昂首闊步、驍勇敏捷、縱橫萬里，在疆場上，如入無人之境，但本寓言中卻是拉着鹽車，在半坡上掙扎，威風盡失，此一形象在中國文學中是獨一無二的，極具創意，所以具有獨特的震撼力。

【思考與練習】

(1)　你認為伯樂和千里馬之間的正確關係應該是怎樣的？

(2)　在香港，千里馬容易遇見伯樂嗎？舉例說明。

(3)　在你讀過的古文中找出一個設問句，並說明其作用。

（五十五）歌聲的魅力

薛譚[1]學謳[2]於秦青，未窮青之技，自謂[3]盡之，遂辭歸。秦青弗止[4]，餞於郊衢[5]，撫節[6]悲歌，聲振林木，響遏[7]行雲。薛譚乃謝[8]，求反，終身不敢言歸。

秦青謂其友曰：「昔韓娥[9]東之齊，匱[10]糧，過雍門[11]，鬻歌假食[12]。既去而餘音繞梁欐[13]，三日不絕，左右以其人弗去。過逆旅，逆旅人辱之。韓娥因曼聲[14]哀哭，一里老幼悲愁，垂涕相對，三日不食；遽[15]而追之。娥還，復為曼聲長歌。一里老幼喜躍抃[16]舞，弗能自禁，忘向[17]之悲也，乃厚賂[18]發之。故雍門之人，至今善歌，放[19]娥之遺聲。」

——《列子．湯問》

①薛譚、秦青：二人都是秦國著名歌手。/ ②謳：唱歌。/ ③謂：以為。/ ④止：阻止，挽留。/ ⑤郊衢：城郊的大道。衢，四通八達的道路。/ ⑥撫節：拍打節拍。撫，拍打，輕擊。/ ⑦遏：阻止，挽留住。/ ⑧謝：謝罪。/ ⑨韓娥：韓國的著名歌手。/ ⑩匱：匱乏，缺乏。/ ⑪雍門：齊國的城門。/ ⑫鬻歌假食：賣歌換取食品，賣歌維生。鬻，賣。假，換。/ ⑬欐

欐：棟樑，房屋的大樑。木結構屋架中，指順着前後方向架在柱子上的長木。/ ⑭曼聲：拉長聲音。/ ⑮遽：急忙。/ ⑯抃：鼓掌。/ ⑰向：向時，以前。/ ⑱厚賂：豐厚的財物。/ ⑲放：通仿，效法。

【譯文】

薛譚向秦青學習唱歌，還沒有把秦青的歌唱技巧全部學到手，卻自以為已經學到了，便打算辭別回家。秦青並不挽留，在城郊大道旁為他餞行。席間，他打着節拍，唱了一首悲壯的歌，歌聲震撼樹林，迴盪的音響遏止住雲彩的飄動。薛譚於是向秦青道歉，要求返回繼續學習，一輩子不敢再提回家的事。

秦青回頭對他的朋友説：

從前，韓娥向東方去齊國，途中斷糧，經過雍門的時候，靠賣唱維生。韓娥離開以後，她的歌聲的餘音縈繞屋樑，三天都沒有消失，周圍的人還以為她沒有離開。韓娥經過一家客店，客店的人羞辱她；韓娥為此拉長嗓音哀傷痛哭，鄉里老老少少也為她悲哀憂愁，流淚相對，三天吃不下東西；人們急忙把她追回來。韓娥回來後，又拉長嗓子唱了一曲，鄉里的老老少少高興得鼓掌跳舞，情不自禁，忘記以往的悲愁，於是大家給韓娥豐厚的財物送她走。

所以雍門老百姓至今仍擅長唱歌，這是仿效韓娥遺留下來的聲音啊！

【古文常識】

語言的演變必然帶來詞義的變化，古今詞義一致的只是少數，主要屬於基本詞彙，如天、地、牛、羊、山、水等。古今詞義的變化，除了包括舊詞的消亡、新詞的產生外，更重要的是隨着時代的轉移，詞的意義發生了變化，這種變化表現為詞的擴大、縮小和轉移。如「災」古義本指「火災」，現在則指一切禍患（水災、旱災、風災、蝗災等）。又如「金」原來泛指一切金屬，現在僅指「黃金」這種金屬。

本則寓言中有幾個古今詞義不同的詞：例如「左右以其人弗去」中的「左右」古義為周圍的人們，常用作皇帝官員旁邊侍候的近侍、近臣或隨從人員。又例「一里老幼悲愁，垂涕相對」的「涕」，古義為淚，今義為鼻涕。再例，「乃厚賂發之」中的「賂」字古義為「財物」，今義為「賄賂」。

【活用寓意】

作者對秦青和韓娥的歌聲使用了不同的描繪技巧，前者從大處寫歌聲引起自然界強烈的反應，後者着眼寫歌聲對人們心靈的震盪，兩種不同寫法均能將無形的聽覺形象轉化為具體的視覺形象。

後代許多著名詩人借用此典故來描寫歌聲：例如唐朝詩人李白在《南都行》中有「清歌遏流雲，豔舞有餘閒」；宋代詞人辛棄疾在《念奴嬌．洞庭春曉》中有「繞樑聲在，為伊忘味三月」，末句用孔子在齊國，聽到古「韶」樂音樂的美使他三個月內吃肉都沒有味道的典故。

寓言除了表現歌唱藝術的動人心弦外，還透過「薛譚學謳」告誡人們：學習是無止境的，想在學習方面有所成就，就必須謙虛謹慎，絕不可自以為是，半途而廢，我們應從薛譚的迷途知返中吸取經驗教訓。

【思考與練習】

(1) 薛譚的學習態度給你甚麼經驗教訓？

(2) 從「韓娥善歌」的故事中，你得到甚麼啟示？

(3) 說說以下句子中哪一個詞的古今異義：「天明登前途，獨與老翁別。」(杜甫《石壕吏》)

(五十六) 鸚鵡救火

有鸚鵡飛集[1]他山，山中禽獸輒[2]相愛重。鸚鵡自念雖樂，不可久也，便去。

後數月，山中大火。鸚鵡遙見，便入水濡[3]羽，飛而灑之。天神言：「汝雖有志意，何足云[4]也！」對曰：「雖知不能救，然嘗僑[5]是山，禽獸行善，皆為兄弟，不忍見耳。」天神嘉感[6]，即為滅火。

—— 南朝・劉義慶《宣驗記》

①飛集：飛落。集，指鳥的一般降落。/ ②輒：總是。/ ③濡：沾濕。/ ④何足云：何足道，哪裏值得一說，即不值得一提。/ ⑤僑：寄居外地。今日說「華僑」即寄居外地的中國人。/ ⑥嘉感：嘉許，感動。

【譯文】

鸚鵡飛落到別的山上，山中的禽獸總是對牠們愛惜和看重。鸚鵡自己想雖然很快樂，但是不可能長期居留，就離開了。

幾個月以後，山中起了大火，鸚鵡在遠處看見，便鑽入水裏浸濕羽毛，然後飛去灑在火上。天神見了，說：「你雖然有堅決的意願，但這一點點水實在是微不足道！」鸚鵡答道：「雖然知道不能救火，但是我曾經在山中逗留過，山中的禽獸都很友善，大家都是兄弟，不忍心見他們遭災啊。」天神讚許並受感動，就幫他們把火撲滅。

【古文常識】

「耳」字作為語氣助詞，一般放在句子的末尾，其用法主要有兩種：

（一） 表示限止語氣，這種「耳」字是「而已」的合音，相當於「罷了」。例如柳宗元《黔之驢》：「虎因喜，計之曰：『技止此耳！』」（老虎因而十分高興，盤算牠說：「本事只不過如此而已。」）可見「耳」字常常和副詞「徒」、「只」、「物」、「僅」、「惟」等相呼應，上面例句中的「止」（意為「只不過」），是和「耳」相呼應的。

（二） 表示肯定語氣，例如《史記．淮陰侯列傳》：「能用信，信即留；不能用，信終亡耳。」（能重用韓信，韓信就會留下，不能重用，韓信終於要逃跑的啊。）

本寓言中的「禽獸行善，皆為兄弟，不忍見耳。」（禽獸都很友善，大家都是兄弟，我不忍心見牠們遭災啊！）在這裏是表示肯定語氣。

【活用寓言】

我們經常聽到義犬救主的故事，弱小的禽鳥撲火救朋友的故事則是鮮有聽聞。知恩圖報是中華民族的優良傳統，司馬遷所寫的那些「士為知己者死」的豫讓、荊軻等人的行為是知恩圖報思想表現的極致，所謂「滴水之恩當湧泉相報」，可從鸚鵡身上看到。

今天我們應該展開知恩教育。在綜援制度下，過去不供養父母需簽所謂的「衰仔紙」（不供養父母證明書），才能領取資助。那時有些人明明有能力供養父母，卻簽「衰仔紙」，不願擔當此義務，實在可恥。

【思考與練習】

（1） 在日常生活中舉一個知恩圖報的實例。

（2） 指出以下句子中「耳」所表達的語氣：「狡兔三窟（狡猾的兔子有三個洞穴），僅得免於死耳。」（《戰國策・齊策四》）

(五十七) 趙人愛貓

趙①人患鼠②，乞貓於中山③，中山人予之。貓善捕鼠及雞。月餘，鼠盡而其雞亦盡。其子患之，告其父曰：「盍去諸④？」

其父曰：「是非若⑤所知也。吾之患在鼠，不在乎無雞。夫有鼠，則竊吾食，毀吾衣，穿吾垣墉⑥，壞傷吾器用⑦，吾將飢寒焉。不病⑧於無雞乎？無雞者，弗食雞則已耳⑨，去飢寒猶遠，若之何⑩而去夫貓也？」

—— 明．劉基《郁離子》

①趙：國名，戰國時期的國家，曾建都今山西太原，河北邯鄲。/ ②患鼠：因鼠患而苦惱。/ ③中山：國名，曾建都今河北定縣，靈壽縣。/ ④盍去諸：為甚麼不弄走牠呢？盍，何不。諸，兼詞，是代詞「之」與「乎」的合音，可譯為「呢」、「嗎」等。/ ⑤若：你。/ ⑥垣墉：牆壁。/ ⑦器用：家庭用具。/ ⑧病：擔憂。/ ⑨已耳：罷了。/ ⑩若之何：為甚麼。

【譯文】

趙國有一個人被老鼠成災所苦惱，向中山國要一隻貓，中山國人給了他。這隻貓善於捕鼠，也喜歡吃雞。一個多月後，老鼠抓光而雞也跟着吃光。這人的兒子為此傷腦筋，對他父親説：「為甚麼不把貓弄走呢？」

他的父親説：「這道理不是你所明白的，我們的禍患在於有老鼠，不在於沒有雞。有了老鼠，就偷竊我們的食物；咬破我們的衣服；挖穿我們的牆壁；損壞我們的用具；我們將要挨餓受凍了。我們不擔心沒有雞吃，沒有雞大不了不吃，距離飢寒還遠着呢，為甚麼要把貓趕走呢？」

【古文常識】

兼詞的主要特點是一個詞可以拆為兩個詞，即兼有互相結合的單音詞的意義和作用。大多數兼詞是兩個單音詞的合音詞，常用的兼詞有「諸」、「焉」、「盍」、「曷」，舉例如下：

（一）諸：在句子中間是「之於」的合音詞。例如《愚公移山》：「雜曰：『投諸渤海之尾，隱土之北。』」（大家七嘴八舌地說：「將這些土石扔到渤海邊上，隱土的北邊去。」）「諸」，是「之」和「於」的結合體，「之」代土石，「於」是介詞，説明動作所投的處所。

（二）焉：不是兩個詞的語音的結合，它相當於「於」和「此」的結合，「於」是介詞，「此」（之）是代詞，譯成語體文便是「在這裏」、「在那裏」的意思，例如《荀子．勸學》：「積土成山，風雨興焉；積水成淵，蛟龍生焉。」（積累起泥土而成了高山，風雨就在那裏產生；水匯集起來而成了深潭，蛟龍就在那裏產生。）

（三）盍：「盍」是疑問代詞「何」與副詞「不」的合音詞，用於疑問句句首，譯為「何不」，例如《論語．公冶長》：「子曰：『盍各言爾志。』」（各人何不談談你的志向。）

（四）曷：也是用在疑問句句首，兼有疑問代詞「何」，否定副詞「不」的作用，譯為「何不」，例如《尚書．湯誓》：「時日曷喪，予及汝偕亡。」（這個太陽何不滅亡？我跟你一同去死。時，通「是」，即

「此」。）

本寓言中使用了「盍」這個兼詞，它是放在句子中間，是「何不」的合音詞：「告其父曰：『盍去諸？』」（你為甚麼不把貓弄走呢？）要注意此句尾的「諸」字是兼詞，乃「之」和「乎」的合音，「之」是代詞，「乎」是語氣詞，可譯為「嗎」、「呢」等。例如：《孟子．梁惠王下》：「文王之囿，方七千里，有諸？」（周文王的打獵場，方圓七十里，有這事嗎？）；《論語．子罕》：「有美玉於斯，韞匵而藏諸？求善賈而沽諸？」（有塊美玉在這裏，是把它放在櫃子裏藏起來呢？還是找一個識貨的商人賣掉它呢？）前者譯為「嗎」，後者譯為「呢」。本寓言中則譯為「呢」。

【活用寓意】

世人無不求兩全其美，但行動的結果往往不能盡如人意。趙人為杜絕鼠患養了一隻貓，後果為「鼠盡雞亦盡」。於是父子意見相左：兒子要父親把貓弄走，而父親則認為鼠患嚴重破壞家居，影響生活，沒有雞吃乃小事一樁，所以不可趕走貓。此則故事所含的道理可以應用到日常工作中，我們做事要分清主次，權衡利弊，然後做明智的抉擇。要明白，想成就一項事業，必須付出一定的代價，不可因少失大。

【思考與練習】

(1)　你做事是否分清主次，權衡利弊？具體說明之。

(2)　在你讀過的古文中找出一個有兼詞的句子，並加以解釋。

（五十八）雁奴

雁奴[1]，雁之最小者，性尤機警。每群雁夜宿，雁奴獨不瞑[2]，為之伺察，或微聞人聲，必先號鳴，群雁則雜然相呼引去[3]。

後鄉人益巧設詭計，以中雁奴之欲[4]。於是先視陂藪[5]雁所常處者，陰佈大網，多穿土穴於其傍。

日未入，人各持束緼[6]，並匿穴中，須[7]其夜艾[8]，則燎[9]火穴外，雁奴先警，急滅其火。群雁驚視無見，復就棲焉。

於是三燎三滅，雁奴三叫，眾雁三驚；已而無所見[10]，則眾雁謂奴之無驗[11]也，互唼[12]迭[13]擊之，又就棲然。

少選[14]，火復舉，雁奴畏眾擊，不敢鳴。鄉人聞其無聲，乃舉網張之，率[15]十獲五。

—— 宋·宋祁《宋景公文集》

①雁奴：雁群夜間休息的時候，專門負責警戒，遇到情況就鳴叫的雁。雁，大雁，多指鴻雁，鳥類的一種，羽毛褐色，腹部白色，嘴扁平，腿

短，群居水邊，喜歡游泳和飛翔，屬候鳥，飛行時排列成行。/ ②不瞑：不睡覺。瞑，通眠，睡眠。/ ③引去：逃避而去。引，退避（攻擊）。/ ④中……欲：適合……習性，願望。/ ⑤陂藪：陂，堤岸。藪，湖澤的通稱，亦指水少草木多的水草地。/ ⑥束緼：綑綁用的麻繩。緼，亂麻絮。/ ⑦須：等待。/ ⑧夜艾：夜盡天亮。艾，止息、斷絕。/ ⑨燎：點燃，本意為蔓延燃燒。/ ⑩無所見：甚麼也沒看見。/ ⑪無驗：得不到驗證（的信息），即不可靠（的信息）。/ ⑫唼：水鳥或魚吃食，句中作「用嘴巴啄」。/ ⑬迭：交替，輪換。/ ⑭少選：不多久，一會兒。/ ⑮率：大抵、大約。

【譯文】

雁奴，是雁群中個子最小的，生性特別機警。每當群雁夜晚停息的時候，只有雁奴不睡，而為群雁偵察周圍動靜，有時候聽到一點人聲，必定及時大聲號叫，群雁就紛紛互相提醒飛走了。

後來鄉里的人更加巧妙地設下狡詐的計謀，因應雁奴的習性讓牠上當。他們先察看清楚群雁常棲息的堤岸、湖邊，暗暗佈下大網，並在網旁挖穿多個洞穴。

太陽沒有下山，鄉里的人各自手執粗麻繩索躲在洞穴中，等到夜盡破曉時，就在洞穴外點起火來，雁奴先警覺地鳴叫，人們便急忙把火熄滅，群雁驚醒看周圍沒有動靜，就安心地休息了。

這樣三次點火，三次熄滅，雁奴三次發出警號，群雁也三次被驚醒；但是結果都沒有看見甚麼。牠們認為雁奴的信息不可靠，就用尖嘴輪流啄牠，接着又安息去了。

過了一會兒，鄉人又點起火來。雁奴害怕群雁的攻擊，不敢鳴叫。鄉人聽不到雁奴的鳴聲，就撒開大網捕捉群雁，十隻中大概有五隻被捕獲。

【古文常識】

所謂語序，是指句子中詞語結合的先後次序。古文中的語序與語體文不同的地方，主要是在一定條件下主謂倒置、賓語前置、定語後置、介賓結構作狀語後置。我們把這種句子稱為倒裝句。

本寓言中有定語後置，例如：「於是先視陂藪雁所常處者」（於是先觀察群雁所常棲息的堤岸湖邊），「陂藪雁所常處者」，正常應為「雁所常處陂藪」，「所常處」是修飾「陂藪」（堤岸湖邊）的，作定語，本應置其前，現在置其後。後置的原因可能是為了強調被修飾的詞語，也可能是因為修飾語太長。例如賈誼《論積貯疏》：「民不足而可治者，自古及今，未之嘗聞。」（生活不富足而能夠治理好老百姓，從古至今，是從未聽說過的。）句中「不足而可治」是「民」的後置定語，後置的原因是修飾語長所致。

本寓言中還有一個倒裝句，即介詞結構狀語倒裝句，「多穿土穴於其傍」（在它（大網）的旁邊多挖幾個洞穴），正常應將介賓短語「於其傍」（「於」是介詞，「其傍」是賓語）置於「多穿」之前。即「於其傍多穿土穴」。

【活用寓意】

雁奴的遭遇使人想起《伊索寓言·牧童和狼》中的故事。牧童一連三四次謊喊「狼來了」欺騙村民來救助，後來狼真的來了，牧童再喊時沒有人相信他了，導致羊群被狼吃光的結局。雁奴截然不同，牠忠心耿耿，為雁群服務，人家休息了，牠卻睜大眼睛放哨，為群雁的安危不遺餘力。但由於村民詭計多端，使雁奴所傳信息失效，還遭群雁的誤解，備受打擊，以致在村民的最後襲擊中未有發出警號，使得村民陰謀得逞。群雁落了個十隻有五隻被張開的大網抓獲的結局。

此則寓言於人的啟示是「疑人不用，用人不疑」。我們相信一個人必須先通過長期的考驗，絕對不可輕信。雁奴專為群雁伺偵察之職，為時不會短暫，一定久經考驗，得到群雁的信任。但是村人的狡詐動搖了群雁的信心，違背了「用人不疑」的原則，被捕獲乃勢所必然，正確的作法，應該是信任雁奴，即使對信息有些懷疑，也只能趕快遷居，棲息安全地帶。

《雁奴》中，雁奴是唯一的正面形象，村民為了獲利，千方百計，捕捉大雁，殘害生靈，手段狠毒；群雁不信任忠實的戰友，對提供的真實信息，認為是虛假不可靠，還圍攻雁奴，用尖嘴連環啄牠，以致遭滅頂之災；只有雁奴，任勞任怨，為群雁服務，牠前要防敵人的襲擊，後又要忍受群雁的誤解和傷害，最終在死亡時刻不敢發聲，那種無助狀態令人同情。讀畢全篇寓言，最令人牽掛的是這隻小雁奴的命運。牠會不會成為村民的捕獲物而遭宰殺了呢？

【思考與練習】

(1)　說說你對群雁不信任雁奴以致大概十隻有五隻被村民抓捕的看法。

(2)　試指出以下倒裝句是狀語後置，還是狀語前置：「太祖與袁紹方相持（對峙）於官渡，紹遣人求助。」(《三國志·魏書·劉表傳》)

(五十九)齊人有一妻一妾

齊人有一妻一妾[1]而處室者，其良人[2]出，則必饜酒肉[3]而後反。其妻問所與飲食者，則盡富貴也。其妻告其妾曰：「良人出，則必饜酒肉而後反；問其與飲食者，盡富貴也；而未嘗有顯者來，吾將瞯[4]良人之所之也。」

蚤[5]起，從良人之所之，徧[6]國[7]中無與立談者，卒之東郭[8]墦[9]間之祭者，乞其餘，不足；又顧[10]而之他，此其為饜足之道[11]也。

其妻歸，告其妾，曰：「良人者，所仰望[12]而終身也，今若此！」與其妾訕[13]其良人，而相[14]泣於中庭，而良人未之知也，施施[15]從外來，驕其妻妾。

由君子觀之，則人之所以求富貴利達者，其妻妾不羞也，而不相泣者，幾希[16]矣！

——《孟子．離婁下》

①妾：小老婆。/ ②良人：丈夫。/ ③饜酒肉：吃飽喝足。饜，飽。/ ④瞯：偷偷看。/ ⑤蚤：通「早」。/ ⑥徧：「遍」的異體字。/ ⑦國：城

邑。/ ⑧東郭：東城外。郭，外城，在城外加築的一道城牆。/ ⑨墦：墳墓。/ ⑩顧：東張西望。/ ⑪道：辦法。/ ⑫仰望：敬重。/ ⑬訕：譏笑，嘲笑。/ ⑭相：相與，共同。/ ⑮施施：快活的樣子。/ ⑯希：通「稀」，稀少。

【譯文】

齊國有一個人，家裏有一妻一妾。她們的丈夫每次外出，一定吃得飽飽，喝得醉醺醺地回家，他妻子問他一同吃喝的是些甚麼人，就説全都是一些有錢有勢的人物。妻子便告訴妾説：「丈夫外出，總是吃飽喝醉之後才回來，問他同些甚麼人吃喝，全部都是一些有錢有勢的人物；但是，我從來沒見過有甚麼顯貴人物到我們家來。我準備偷偷地看他究竟到了些甚麼地方。」

第二天早晨起來，她便尾隨她丈夫行走，走遍城中，沒有一個人站住同她丈夫説話；最後一直走到東郊外的墓地，丈夫向祭掃墓地的人討些殘菜剩飯；不夠，又東張西望地跑到別處再乞討，這便是他吃飽喝醉的辦法。

他的妻子回到家裏，就把這情況告訴他的妾，並且説：「丈夫，是我們敬重而終身依靠的人，現在他竟是這個樣子。」於是她和妾一起在庭中譏笑着，哭泣着。而丈夫還不知道，洋洋自得從外面回來，向他的妻妾炫耀自己。

由君子看來，有些人所用的乞求升官發財的方法，能不使他妻妾引為羞恥而抱成一團痛哭的，是很少的啊。

【古文常識】

通假是古文中常見的用字現象。通者，二字義通，假者，借也；由字音作媒介，使兩個字在字義上溝通起來。由借音而借義，通假字是本字的代用品。本文中有三個通假字，分別為「反」、「蚤」、「希」，其本字分別為「返」、「早」、「稀」。

需要注意的是通假字與異體字的區別。異體字是指同一個字有幾種不同形體的寫法，如寓言中的「徧」，是「遍」的異體字，還有如棋—棊、裊—嫋、村—邨，等等。總之，形體雖異，讀音相同，意思也相同，這就是異體字的規律。

【活用寓意】

此則寓言寫一個好吃懶做，又好面子的人。他每天對妻妾謊稱和有權勢的人飲宴，日日如是，卻不見有權勢的人來造訪，不免引起妻子懷疑。於是妻子偷偷尾隨，發現他直奔東郊外墳場，向掃墓人乞討剩餘的食物，吃飽喝足後回家。西洋鏡被拆穿後，妻妾為自己所依靠終身的人如此沒出息，相擁而泣。孟子用這種人比喻仕途上的「富貴利達（達官顯貴）」人士，表面上冠冕堂皇，實際上在暗底裏卻幹着見不得人的齷齪勾當。諷刺的筆觸，力透紙背。這種兩面人，世代都有，當今亦然。

寓言還教導我們，要帶眼看人，不要只看其表面，而要透視其本質；不但聽其言，更要觀其行。

所述故事對中國後代文學有深遠的影響：明代戲曲家孫鍾齡把它改編為傳奇（明清盛行的長篇戲曲）《東郭記》，清代小說家蒲松齡把它改編為《東郭簫鼓兒詞》。

【思考與練習】

(1)　你接觸或聽說過寓言中主角那樣的人物嗎？說說他的故事。

(2)　以下哪一組是「通假字」？哪組是異體字？

(a) 汹—洶

(b) 從—縱

（六十）猴子救月

過去世①時，有城名波羅柰②，國名伽尸。於空閒處③有五百獼猴④，遊行林中。到一尼俱律樹下，樹下有井。井中有月影現時，獼猴主見是月影，語諸伴言：「月今日死落井中，當共出之，莫令世間長夜暗冥。」共作計議言云：「何能出？」獼猴主言：「我知出法：我捉樹枝，汝捉我尾。展轉相連，乃可出之。」時諸獼猴即如主言，展轉相捉。小⑤未至水，連獼猴重，樹弱枝折。一切獼猴墮井水中。

爾時樹神便說偈言⑥：『是等騃榛獸，癡眾共相隨。坐自生苦惱，何能救出月？』

——《法苑竹林．愚戇篇．雜癡部》

①過去世：佛教以過去、現在、未來為三世。/ ②波羅柰：與下文的伽尸都是虛擬的城市名、國名。/ ③空閒處：人跡罕到之處。/ ④獼猴：猴的一種，群居山林中，以野果、野菜等為食物。/ ⑤小：稍微。/ ⑥偈言：即偈語，梵語「偈佗」的又稱，佛經中的唱頌詞，每句三四五六七字不等，通常以四句為一偈。

【譯文】

在過去世時，有座城市名叫波羅柰，國家名叫伽尸。在城市人煙稀少的地方有五百隻獮猴，遊玩走動於樹林中。有一天牠們來到一棵尼俱律樹下，樹下有一口井，井中有月影出現時，獮猴頭子見了月影，就對同伴説：「月亮死了，掉落井中，我們應該齊心協力把它救上來，不要讓世間夜晚總是黑沉沉的。」獮猴們一起商量説：「怎麼把它救出來呢？」獮猴頭子説：「我知道救出來的辦法了，我抓住樹枝，你抓住我的尾巴，一個連接一個，便可以救出月亮了。」當時獮猴們就照頭子的話，一個抓住一個連接起來。快將接近水面時，連在一起的獮猴太重，樹枝柔弱，一下子折斷了，所有猴子都掉落井裏了。

那時樹神便説了幾句偈語：「這群愚蠢的野獸，癡癡呆呆大家互相追隨，無緣無故自討煩惱，怎能救出水中的月亮？」

【古文常識】

語言隨社會的發展而發展，在語言三元素中（語音、詞彙、語法），詞彙對社會的發展變化反映最敏鋭、變化也最明顯。詞義的演化是詞彙發展變化的一個重要方面。

本則寓言有兩個詞古今詞義不同，一為「遊行」，即遊走移動（或行走），今意為「舉行慶祝、紀念、示威等活動時，廣大群眾結隊而行」；二為「小」，原意指在體積、面積、年齡、產量、數量、力量、強度不及一般的，或不及比較的對象（與「大」相對），文中意為「稍微」、「快要接近」。

要全面瞭解詞彙的古今意義，必需知道古文以單音詞居多數，白話以雙音詞居多數，卻不要把文言的雙音詞誤認為白話的一個雙音詞。如林嗣環《口技》中「中間力拉崩倒之聲，火爆聲，求救聲」的「中間」，「中」是其中的意思，「間」是夾雜的意思，如果誤把它當作口語中的方位詞「中間」來理解，就誤解了原意。還有「其實」，古文分開解為「它的果實」和口語中的「其實」（表示下文所説的實際情況）義異。

【活用寓意】

此則佛經中的寓言告誡世上芸芸眾生，要看破紅塵，不要自尋煩惱，像那些猴子做一些救月的無謂事情。

讀者對作品的意旨經常有不同的看法。有人認為眾猴以救世主自居，想把世人從黑暗中拯救出來，這是杞人憂天、庸人自擾。

其實獮猴單純、天真，牠們憑直覺發現月亮掉落井中，人類面臨生活在漫漫長夜之中的苦難，於是不顧自己力有不逮，而千方百計拯救月亮，造福人類。讀此文，眼前會出現猴子們輾轉相接連成一串，結果徒勞無功墮入井中的滑稽畫面，不禁莞爾。

【思考與練習】

（1） 你對猴子救月的行動有甚麼看法？請具體説明。

（2） 在你學過的古文中找出兩個古今異義的詞。

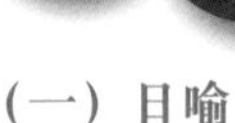

答案

（一）日喻

（2）「或」可譯為「有人」，是無定代詞，因為其對象不確定。

（二）老馬識途

（2）而，表示轉折關係，作「卻」解。

（三）趙襄主學御

（2a）於，向　（2b）於，被

（四）郢書燕説

（2）副詞，「就」，是表示後一動作行為緊接前一動作行為發生。

（五）紀昌學射

（2a）「綠」是形容詞作動詞。（2b）是形容詞作名詞，「綠」作名詞「葉子」，「紅」作名詞「紅花」；「肥」説明茂盛，「瘦」説明「憔悴」。

（六）賣油翁

（2）「但」可譯為「只」。（謝安本來就輕視戴逵，見面只同他談論琴和畫一類事。）

（七）輪扁論讀書

（2a）「之」，代詞，指代讀書這件事。
（2b）「之」，助詞，可譯為「的」，表領屬關係。

（八）樂羊子之妻

（2）「狗吠」和「雞鳴」之後省略「於」字。

（九）歧路亡羊

（2a）「既」作「已經」解。（2b）「既」作「不久」解。

（十）駝背老人捕蟬

（2）蘇老泉，二十七歲，才發憤讀書。

（十一）一鳴驚人

（2）「一牛」省略了量詞「頭」字。

（十二）不材之子

（2）焉作「他」或「他們」解，指賢於己者。是人稱代詞。

（十三）五十步笑百步

（2）古義「山岡阻隔」，今義操縱市場，把持權柄獨佔利益。

（十四）宋襄公的仁義觀

（2）起連接作用，表示並列關係。

（十五）紂製造象箸

（2）蹄之，用蹄踢牠。蹄，名詞，作動詞表示用蹄踢。

（十七）蝸角觸蠻之爭

（2）「人」與「可使報秦」倒置，「人」應置「可使報秦」之後。（找一個能出使秦國、回答秦國的人，找不到。）

（十八）踴貴而屨賤

（2）「往借」前省略了主語「我」，「往借」後省略了賓語「書」。

（十九）網開三面

（2）孰，誰，末句譯為：誰是你的老師呢？

（二十）千里買馬首

（2）這是定語後置句。正常句為「被燒死和淹死的人馬很多」。

（二十二）兩小兒辯日

（2）「為」，因為。提示：句中寫的是張良的故事。

（二十三）工之僑

（2）陳列在，或懸掛在。「諸」是「之」和「於」的合音詞。

（二十四）狙公與群狙

（2）二字全是代詞，「之」代「民」（人民），「其」代當權者。

（二十五）使狗國者入狗門

（2）第一個「使」是派遣（或委派）的意思。是動詞。第二個「使」是「使臣」的意思。是名詞。

（二十六）狐假虎威

（2）「八千」是虛數，説明抗金征途的長和遠，及披星戴月的艱辛。

（二十七）越人溺鼠

（2）可把「不以其道」介詞結構提前到「策之」之前。（不用按照牠的原則來鞭打牠。）

（三十）驚弓之鳥

（2a）則　（2b）然則

（三十二）牛缺遇盜

（2）因為

（三十三）不如相忘於江湖

（2）「勞」、「佚」、「善」是形容詞活用為動詞。

（三十四）知魚之樂

（2）「固」是副詞，譯為「確實」。（張良說：「請沛公估計一下，能打敗項羽嗎？」沛公沉默了很久說：「確實不能啊！」）

（三十七）道無所不在

（2a）「於」字作「向」解。（葉公向子路問孔子的為人，子路不答）
（2b）「於」作「比」解。（天下沒有甚麼比水更柔弱）

（三十八）鯤鵬與斥鴳

（2）在「楚山中」之前加「於」字，應為「楚人和氏得玉璞於楚山中」。

（三十九）塞翁失馬

（2）「輕」是形容詞活用為動詞：輕視、小看。

（四十一）刻舟求劍

（2）賓語「何」與「恃」倒置，應為「恃何」。
（3）以撞衛士，省略賓語「衛士」。

（四十三）涸轍之鮒

（2）「何以」是「以何」的倒裝。（楚莊王說：「你回國以後，用甚麼來報答我？」）

（四十四）蝜蝂傳

（2）「綠」字是形容詞，活用為「使動詞」，「使之綠」，主語「春風」不是施行者，而是使賓語「江南岸」發生「變綠」的動作。

（四十五）南轅北轍

（2）「中道而反」的「反」字，與「返」字通假，「返」是本字。

（四十六）臨江之麋

（2）「之」是代詞，指幼麋。

（四十七）黔之驢

（2）「以為」，「認為」的意思。

（四十八）腹䵍斬子

（2）……的原因

（四十九）鵷鶵與腐鼠

(2a) 連接詞

(2b) 介賓結構，「於」是介詞，「是」是代詞，代「捕蛇」。

（五十）晏子的馬車夫

（2）第一個「御」意為駕馬車者，第二個為駕馬車。

（五十一）偷雞的人

（2）「或」，大概，副詞

（五十二）他鄉是故鄉

（2）吾、予、余、我等

（五十五）歌聲的魅力

（3）「前途」古義是「前面的路途」，今義是「將來的光景」。

（五十六）鸚鵡救火

（2）含限止性質的感歎語氣，做「罷了」解。

（五十八）雁奴

（2）是介賓結構（狀語後置），正常應為「於官渡相持」。

（五十九）齊人有一妻一妾

（2）第一組是異體字，第二組是通假字。